雪国

[日] 川端康成 著
高慧勤 译

北方文艺出版社

图书在版编目（CIP）数据

雪国·伊豆的舞女：川端康成小说精选集／（日）川端康成著；高慧勤译 . -- 哈尔滨：北方文艺出版社，2024.1
ISBN 978-7-5317-5865-5

Ⅰ.①雪… Ⅱ.①川…②高… Ⅲ.①中篇小说－小说集－日本－现代 Ⅳ.① I313.45

中国国家版本馆 CIP 数据核字（2023）第 162374 号

雪国·伊豆的舞女：川端康成小说精选集
XUEGUO·YIDOU DE WUNV：CHUANDUANKANGCHENG XIAOSHUO JINGXUANJI

作　者 / [日]川端康成 著	译　者 / 高慧勤 译
责任编辑 / 常　青	出版统筹 / 罗婷婷　庄本婷
策划出品 / 远涉文化	策划编辑 / 石　婷
封面设计 / 蒋　晴	

出版发行 / 北方文艺出版社	邮　编 / 150008
发行电话 /（0451）86825533	经　销 / 新华书店
地　址 / 哈尔滨市南岗区宣庆小区1号楼	网　址 / www.bfwy.com
印　刷 / 三河市天润建兴印务有限公司	开　本 / 880mm×1230mm　1/32
字　数 / 100 千	印　张 / 5
版　次 / 2024 年 1 月第 1 版	印　次 / 2024 年 1 月第 1 次印刷
书　号 / ISBN 978-7-5317-5865-5	定　价 / 49.80 元

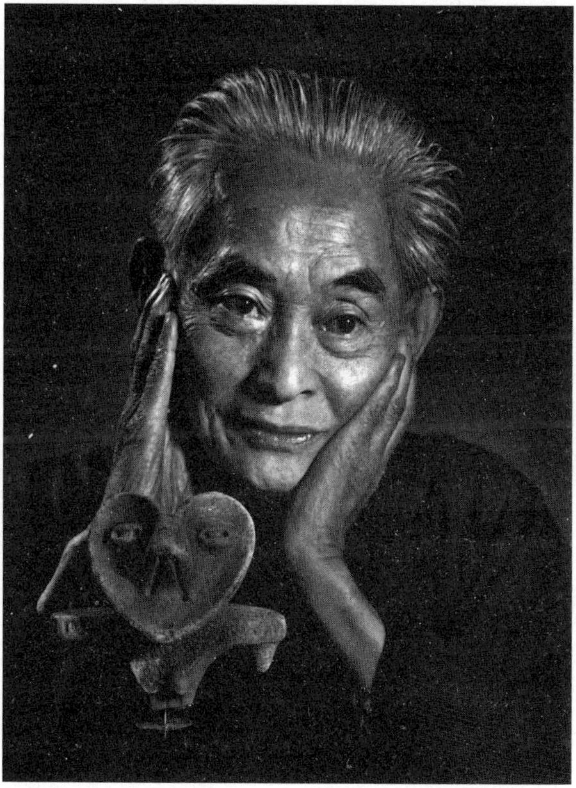

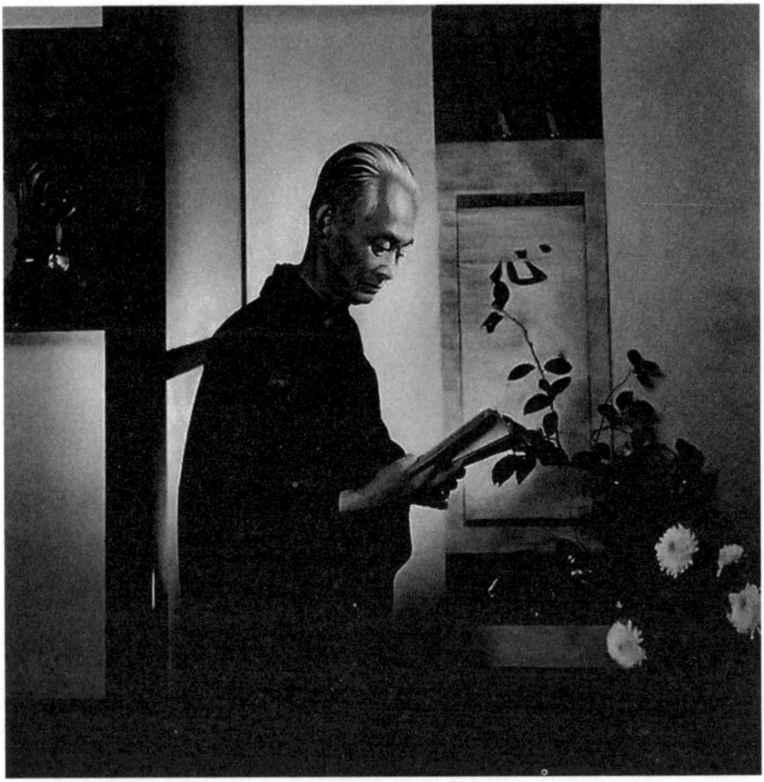
心

前　言

本次拟出川端小说的精选，选用了两篇拙译，除了《伊豆的舞女》译于五六年前外，《雪国》是二十多年前的旧译了。早先出的几个版本，也一直尘封在书柜里。此次又翻检出来，再作校订，略有修正，心中不免感慨良多。

记得初次看川端的小说，是二十世纪七十年代末，侍桁先生译的《伊豆的歌女》。说来惭愧，在那之前，读过的日本小说，大抵是小林多喜二的《党生活者》、宫本百合子的《贫穷的人们》、德永直的《没有太阳的街》、夏目漱石的《哥儿》等，以传统的现实主义文学为主。那个年月，课堂上学的，书店里卖的，除了这些普罗文学和个别经典名作外，难道还能有别的什么？所以，头一回从原文看《伊豆的舞女》，那么清新，那么明丽，真是如沐春风。那种感觉，宛似芥川龙之介当年看白桦派小说时所形容的：仿佛文坛开了一扇天窗，吹进一股清新的气息。没料到，几年后自己竟也应出版社之约，译起川端来了。更没料到的是，译川端竟有这样难，让人呕心沥血，让人寝食难安，让人魂牵梦萦……翻译本就难与原作等值，而川端，一向有"语言魔术师"的美誉，要将其小说译成近于原著水平，又谈何容易！所以，几经校订，续有改进，始终未能臻于完善……

川端康成是唯美作家。在他之前，代有才人，若永井荷风、谷崎润一郎、佐藤春夫辈，在他之后，似乎除了剖腹自杀的三岛由纪夫，便音沉响绝。而作为现代派作家，川端则是日本现代派文学的开山祖师之一——新感觉派的骁将，与同时代的横光利一、中河与一、片冈铁兵及稍后的堀辰雄等，成为二战后野间宏、大江健三郎、黑井千次等一大批现代派作家的先导。川端康成恰好站在两种文艺思潮的交汇点上，集唯美派与现代派于一身。所以读川端的小说，大抵会留下这样一个印象：既有日本情调，又不乏现代艺术感觉。在《赏月》一文中，川端曾说："每逢赏月，一缕日本式的哀愁，总会暗暗潜入心头。而这缕哀愁，连类而及，使我深味日本的传统。"在《不灭的美》中，他又说："在日文里，'悲哀'与美是相通的词。"美即悲哀；美的极致，即是悲哀。所以，川端的作品，无不蕴含着这样一种美质：于浓郁的抒情中，总是隐含着一缕哀愁；在淡化的情节里，依稀流露出一丝莫可名状的惆怅。这些既取决于川端的审美意向，也与作家一己的生命体验有关。想要认识这位作家，还得追本溯源，从他人生之旅的起点——他的童年谈起。

一八九九年，川端生于大阪一个医生家庭。两三岁时，父母相继病逝。七岁上小学那年，又逢祖母过世，从此便同又聋又瞎的祖父相依为命，孤零零住在村子一隅。经济日渐窘困，亲朋故旧也相继疏远。偶有稀客上门，祖父竟会"感动"得老泪纵横。可以想见，祖孙二人的生活是何等惨淡，何等索漠。"祖父的那份孤独，似乎也传给了我"（《无意中想到的》）。《源氏物语》和《枕草子》便成了川端的手边书，引发他少年不知愁的感伤情怀。三年后，一直寄养在姨父家的亲姐姐也悄然死去。到虚岁十六岁那年,就连祖父这唯一的亲人也撒手人寰,将川端一人撇在茫茫人海。从此,他孑然一身,孤苦无依。正当人生刚刚开始,需要温情需要慈爱的年纪,死亡的阴影便不断出现在他周围。他"少年的悲哀",早已不是淡如轻烟,半带甜蜜的感伤,而成为一种终生的精神负累。祖父死后,过了七七,他便抛别故乡,住到舅父家,开始寄人篱下的生涯,辗转于学校宿舍与公寓之间。原本内向的性格,"在这种不幸和不自然的环境中长大",变得更加多愁善感,脾气也愈发固执执拗。"天涯孤儿",是川端康成自况之语。其含义,便是孤儿的意识,孤儿的悲哀。这种孤儿的悲哀,不仅构成他早期创作的基调,也贯穿于他的"全部作品,整个生涯"(《独影自命》)。

身为孤儿,难免有种处处是家,又处处是他乡的漂泊感。所以,川端性喜旅行,"凡事都愿在旅行中做掉"(《我的生活》)。身在客边,自会生出乡愁旅思,引发身世之感。情满于怀,便倾注笔端,洋溢于字里行间。——这正是川端康成精神姿致的一种显现。他仿佛一个朝圣者,怀着追寻远方梦境的心情,遍寻"日本的故乡"。似乎唯有在漂泊中,才更能感触到那"自古以来日本的乡愁"(《自著序跋》)。而这种漂泊,对川端具有更多心灵上的意味:即是他人生之旅,也是他艺术之道。据说他的重要作品,半数以上都写于行旅途次。《伊豆的舞女》便写于风光明丽的伊豆半岛;《雪国》秉笔于多雪的北国汤泽温泉;记京都风物人情之胜的《古都》,就作于流连京都之时。

一九二〇年,川端从一高毕业,升入东京大学英文专业,后转入国文专业。这个人才辈出的最高学府,在他面前展现一片广阔的天地,是他日后辉煌的文学生涯的起点。大二的时候,川端爱上一名十六岁的美少女，并订了婚。可是，未出一个月，女方突然毁约他去，他再次陷入精神危机。自幼所经历的丧事、孤独、失恋、人生的种种创伤，看似偶然，凑到一起便形成一股无法抗拒的力量，"影响了我对世事的看法"（《现在与今后》），铸就他悲观虚无的人生态度。但，孤儿的悲哀，失恋的伤痛，悲剧性的命运，对川端作为小说家来说，未必就是不幸。念中学时，川端就立志要当作家。这既是少年的人生志向，也缘于他内心体验的表现欲望。他以诗人的禀赋，把他人生中的种种不幸，孤独和哀愁，统统化为一种调动"创造潜能"的审美心理，成为他受用无穷的创作源泉。

一九二三年元旦，川端从同学处了解到一战后欧洲兴起的未来主义、表现主义、达达主义等现代文艺思潮，与他的若干想法一拍即合，诱发他一片雄心，"开始认清自己的价值，依稀看到自己的目标"。翌年，大学毕业，生活虽然拮据，却并未去谋职，而是会同横光利一等同窗好友，创办了一份叫《文艺时代》的同人刊物，由此掀起一场打破现存文学的"新感觉运动"。川端在发刊词中写道："没有新的表现，便没有新的文艺；没有新的表现，便没有新的内容。而没有新的感觉，则没有新的表现。"乍登文坛，便振振有词，向旧有的传统文学发难，宣告一个新的文学流派的诞生。评论家千叶龟雄将这派作家命名为"新感觉派"。

作为新感觉派的一员骁将，川端康成创作伊始，便在艺术上显示出与西方现代派文学有某些相通之处。他力图从形式和技巧上，于传统之外探索一条新路，他曾说："别人常把我看作是追求新倾向、新形式的探索者。认为我喜好新奇……不佞甚至有幸被称作'魔术师'。"别人云云，实乃夫子自道。但是，川端并非生搬硬套，简单模仿，而是当作一种借鉴，将其化为我有，以新感觉表现传统美。他的作品无不流露出日本的情趣，"贯穿着日本式的感情"。为此，川端即便当年在新感觉派中，也被认为是"异端"。他在《文学自传》中表示："我虽然接受西方文学的洗礼，自己也曾试着模仿过，但骨子里我是个东方人，十五年来，从未迷失过这个方向。"其他作家在探索现代艺术这条荆棘丛生的路上步履维艰之际，川端却找到了稳固的基石。这就是从民族传统和民族文化中寻找自己的归宿。说川端向传统回归，并不确切，其实他从来就未曾离开过传统。尤其第二次世界大战后，川端明确宣称，自己是立足于日本的传统美，决心要成为地道的日本式作家。

作为一场文学运动，新感觉派已成历史。作为文学流派，也很短暂，只风光了两三年，不久派内的作家就分道扬镳，各自西东。唯独川端始终如一，坚持不懈。一九六八年，他回顾往事时说："'文艺时代'那年月，我竭力使自己具有新感觉，这倒不假。时过四十五年，写作时早已忘了新感觉一说。可是，偶尔想起来，自己现在不是依旧在凭感觉写作吗？……在当年新感觉派作家里，我不是最执着，最顽强，一直在继续新感觉式的写作吗？"(《新感觉派》)真所谓"心忘方入妙"：当年派中的"异端"，倒成了派内的"正统"。

川端康成一生创作颇丰，有全集三十七卷之多，主要作品有：《十六岁的日记》《伊豆的舞女》《雪国》《名人》《千只鹤》《山之声》《古都》《美丽与悲哀》等。本书所收录的两部作品：《伊豆的舞女》《雪国》属川端早、晚两个时期的代表作，一向为世人所称道，是各种选本中首选。

《伊豆的舞女》发表于一九二六年，是川端的成名作。系根据他十九岁那年的一段经历敷演而成。一九一八年,在一高上二年级的秋天,由于厌倦学校的寄宿生活,更为摆脱缠绕不去的苦闷,他独自一人去伊豆半岛旅行。"我都二十了,由于孤儿脾气,变得性情乖僻。自己一再苛责反省,弄得抑郁不舒、苦闷不堪,所以才来伊豆旅行。"这是《伊豆的舞女》中的一段话,道出作者那孤儿的悲哀和青春的忧郁。小说采用第一人称,主人公在旅途中,遇到一伙江湖艺人,彼此结伴同行。他们心地善良,情感纯朴,待人热诚,使他体会到人情温暖。尤其那个天真未凿的小舞女,对他表示一种温馨的情意,主人公心里也萌发一缕柔情。虽是小说,多是纪实。四天的旅途,从相遇到相识,书中所表现的少男少女的纤细心理,一片纯情。在川端的笔下,小舞女那头浓密的黑发,留在颊上的胭脂,善解人意的体贴,在展现出日本传统的女性美。小说是纪行,既记两脚的行旅,也记下心灵的历程。临近旅途终点,听到小舞女说他"是个好人",一句平平常常的话,对主人公而言,却意义重大,他好似看到一线光亮,一扫长久以来"受人施舍"的屈辱感,内心的苦恼,得到疏解。小说与其说表现了作家对下层民众的同情,不如说从他们那里获得了人生的自信。作品的结尾处,是小舞女那欲说还休的依依离情,少年书生"涓涓而流"的感伤泪水。由于作品取材于旅途,在明媚的伊豆风光的衬托下,格外添上一抹乡愁。通篇洋溢着青春的诗意和抒情的气息,在日本,历来奉为青春文学的杰作,"永恒的畅销书",曾先后六次搬上银幕。

　　《雪国》起笔于一九三五年,最初分章独立发表在杂志上,一九三七年成书;后又几经改削,再三推敲,直到一九四七年才最后定稿,可以说是川端倾注心力最多的一部作品,也是最能体现他文学风范的代表作。小说一经发表，便见重于文坛，被推崇为"日本文学中不可多得的神品""精纯的珠玉之作""堪称绝唱"。尤其是川端获得诺贝尔文学奖之后，更是提高到"近代文学史上抒情文学的顶峰"。当然，也有人说，《雪国》是"死亡与毁灭的文学"，表现的是一种"颓废的美"。评论家出于各自的道德标准和审美原则，从不同的视角评价一部作品，持论轩轾，在所难免。

小说写东京一位舞蹈艺术研究家岛村，三次去多雪的北国山村，与名叫驹子的艺伎由邂逅而情爱，同时又对萍水相逢的少女叶子，流露出倾慕之情。书中没有一般所说的重大主题，也没有曲折复杂的故事情节，但岛村对浮生若梦的喟叹，驹子爱而不得的怨望，叶子对意中人生死两茫茫的忆念，再辅以雪国山村的清寒景色，使全书充溢着悲凉的基调。

小说的主角驹子虽然出身贫贱，沦落风尘，但不失人之所以为人的意识。她有自己的生活信念，竭力提高自我的价值，寻求生存的意义。从十五岁起，每天写日记，记下自己的感想；看过什么小说，也都做笔记；凭着"顽强的意志，长年的努力"，苦练琴艺。这种刻苦自励，正是"她顽强求生的象征"，"生存价值之所在"。为了给师父的儿子治病，她不惜牺牲自己，下海当了艺伎。精神上的孤寂，使她渴望有个知音，于是，一往情深地跟上了岛村。而她的爱，真应了岛村的话，归于"徒劳"。当然，从形象的完美而论，驹子并非毫无瑕疵，环境的熏染，职业的习惯，有时难免会"露出风尘女子那种不拘形迹的样子"。然而，她终究是为了"混碗饭吃"才操此贱业的。岛村三次雪国之行，只见她的命运每况愈下，成了那个制度的受害者。

小说是以叶子开篇，也以叶子收尾。叶子在书中所占比重不大,但举足轻重,与驹子相辅相成,一个代表"灵",一个代表"肉"。两人的用笔着色各有不同:驹子是具体而微的工笔画,叶子是空灵剔透的写意画;一个美得"洁净",一个美得"悲凉"。书中没有交代叶子的身世,但近结尾处,她要跟岛村去东京当女佣,即便不死于大火,也预示了她命运的不济。她好似下海之前的驹子,而现实的驹子又似乎是叶子的未来。作者以叹惋的笔调,对她们倾注了满腔的同情。

小说是以岛村的一双眼睛观察、叙述来展开情节的。岛村不单纯是驹子的陪衬,反与驹子恰成为鲜明的对比。岛村坐食祖产,无所事事,对人生持虚无态度,认为一切营求努力总归"徒劳"。所以,他无法理解驹子对生活的憧憬和对爱情的执着,也不会领悟叶子为自己的所爱所做出牺牲的那种"认真"。岛村对驹子并非没有同情,但他自感无能为力。正是他的温文、教养和同情,使驹子义无反顾地爱上他。岛村这个人物,体现了日本二十世纪三十年代中产阶级知识分子消极遁世的人生态度。

《伊豆的舞女》发表时,正值新感觉派的鼎盛时期,但"新感觉成分并不浓",而写作《雪国》时,新感觉运动早已结束,艺术上反倒颇具"新感觉"的特色。川端用凝练的语言,快速的节奏,瞬间的感觉,自由的联想,以及意在言外的象征等手法来展示雪国。作品开头一句:"穿过县境上长长的隧道,便是雪国。夜空下,大地赫然一片莹白。"写火车钻出黑咕隆咚的隧道,夜空下,皑皑白雪所给人的刹那感觉,已成为日本文学中的名句,认为是典型的"新感觉派手法"。再如,描写岛村去雪国的车上,叶子在窗玻璃上的映像和流逝的暮景重合叠印的一段,既是岛村的瞬间感觉,又是他构筑的美的幻境,是川端的得意之笔。驹子照在映着晨雪的镜中那绯红的面颊和浓密的黑发，秋阳下茅草银光闪烁的印象，火车驶过荞麦地后的感觉，岛村仰望夜空似有飞身银河之感等，都是摹写感觉相当成功的句子。小说随着岛村意识的流动，情感的涟漪，疾徐有致地展开，时而现实，时而过去，时空自由地变换。

　　作者在作品中拈出的某些意象，往往带有某种寓意：镜中的映像，以喻人生的虚幻；秋虫之死，暗示人生的无常；绯红的面颊，朱红的嘴唇，火红的枫树，象征驹子的热情。与联想和象征相关的是巧设比喻。川端把一群托钵归来的尼姑，比作急急还巢的乌鸦；夜空里的一弯新月，"好似嵌在蓝冰里的一把利刃"，等等。总之，《雪国》奠定了川端康成幽美哀婉、空灵明净的艺术风格，代表他小说创作的最高成就。

　　如果说，三十年代是川端文学创作的成熟期，那么五十年代，则是他的鼎盛期。就艺术技巧而言，在三篇获奖作品中，《千只鹤》（1949—1950）确实写得圆润纯熟，浑然老到。《雪国》之后，在川端笔下，我们再也看不到像《伊豆的舞女》那么纯真而美好的文字了。特别是二战后，川端的审美情趣发生极大变化，官能的表现已开始抬头。此后的爱情题材作品，有不少笔墨触及官能性爱。相对而言，《雪国》写得还算含蓄，驹子和叶子各具个性，有自己的独立人格；岛村至少对驹子、叶子表现出一种人性，对自己尚有某种道德约束。然而，《千只鹤》及其后的《山之声》（1949—1954）、《湖》（1954）、《睡美人》（1960）等，颓废倾向日趋严重，竟至逸出伦理道德的界限，"奔向可怕的美的地狱"（梅原猛：《美与伦理的矛盾》）。

　　"千鹤"，原是日本自古以来，工艺、美术、服饰等常用的装饰图案，是日本美的一个象征。雪子手拿绘有白鹤千只图案的包袱，川端视为美的化身，灵的救赎。而这美的化身却"不好写"，所以，在《千只鹤》中仅是一个"远景"，一种向往。作者的心底怀着憧憬，愿在晨空或夕照中，一睹"白鹤千只，翩翩飞舞"。然而，小说的内容，却是写一个叫菊治的青年同身边几个女人错综复杂的纠葛。他一方面与亡父生前的情妇太田夫人及其女儿文子发生苟且情事，同时又对先父另一个情妇给他做媒认识的雪子爱慕不已。整个故事在演示茶道那种幽雅闲适的情景中展开，其间充满了既不幽雅也不道德的情欲。诚如川端自己所说，这篇小说的"目的在于写不道德的男女关系"。作者把男女主人公——菊治和太田夫人以及文子，置于道德的冲突之中，并为各自的罪孽苦恼不已，但矛盾的最终解决，不是道德的胜利，而是情欲的奏凯。用日本哲学家梅原猛的话来说，"审美击败了伦理"（《美与伦理的矛盾》）。川端自己也不讳言，"我的作风表面上看不明显。实际上颇有一点背德的味道"（《文学自传》）。他甚至故作惊人之语："作家应当是无赖放浪之徒"，"要敢于有'不名誉'的言行，敢于写无道背德的作品，做不到这一步，小说家就只有灭亡……"（《夕照的原野》）提到作品存废的高度，确乎称得上危言耸听。一个艺术家所追求的真善美，应是统一而不可分割的，否则只能"是一种堕落"！

一九六〇年一至六月，川端在《新潮》上发表《睡美人》。与此同时，也是一九六〇年一月，《美丽与悲哀》开始连载于《妇女公论》。稍后，即当年的十月，《古都》又在《朝日新闻》上陆续刊出。就是说，一支笔同时写三部小说。三部都是中篇，从总体一看，清新纤丽的文笔，低回婉转的情致，都显示了川端一贯的风格。但是，就内容和倾向而言，三部作品却大相径庭。《睡美人》甫一发表，即遭物议；《美丽与悲哀》写的是婚外情；而《古都》，可说是个例外，写得颇纯正，用川端本人的话来调侃一下："没有偷情"，"最是老成本分"，连他本人都觉得"不可思议"。

　　小说描写一对孪生姐妹的悲欢离合。川端在《写完〈古都〉之后》中说，"本打算写一篇短小可爱的爱情小说，没料到竟写成一对孪生姐妹的故事。"虽是双胞胎，两姐妹境遇却大不相同。由于家境贫寒，出生之后，姐姐千重子即遭遗弃，为一家绸缎批发商所收养，成了一位养尊处优的小姐。妹妹苗子，虽未见弃于父母，却在襁褓中便成了孤儿，长大后受雇于人，自食其力。两姐妹容貌端丽，心地善良，天真烂漫虽不及"伊豆的舞女"，却也是川端作品中令人喜爱的纯洁少女。千重子仿佛是古都的象征，体现古都的优美、风华，秉有少女的细腻心理，敏于观察，善于感受：春花秋虫，使她联想到大自然的永恒，生命的无限；高耸的北山杉，使她感悟为人的正直之道。而苗子，宛若北山杉的精灵，挺拔，秀丽，生机勃勃。当雷雨袭来，她以身体庇护姐姐；为了不影响姐姐的婚姻，宁可割舍自己的爱情，表现出动人的手足之情和牺牲精神。按川端的说法，小说开头一段描写寄生在老枫树上的两株紫花地丁，是两姐妹命运的比喻：咫尺天涯，却终难聚合。苗子固然自感身世凄凉，即便是养父母爱如掌上明珠的千重子，何尝不怀有人生孤寂之感？这恐怕是孤儿出身的作者的自况吧。小说的结尾，是苗子踏雪踽踽离去，千重子倚门怅然而望……由于谁也无力抗拒的命运，加之少女多愁善感的情怀，使小说在明快的基调上，更添些许诗意的感伤。

　　虽说《古都》的主题是写两姐妹的命运，但从全书的结构和作者的兴趣来看，显然着力于描写古都——京都的风物人情。川端在写《古都》时说："一直想写一部小说，以探访日本的故乡。""故乡"云云，当是指京都。川端还说："我把京都深幽的景色，当作哺育我的'摇篮'。"千余年来，京都为历代建都之地，荟萃着日本的传统文化：优美的自然风物，众多的名胜古迹，以及四时的民俗节令，无不反映出日本民族的智慧和情趣。所以，京都实为日本人的精神故乡，涵育了《源氏物语》《枕草子》等优秀的民族经典，其中当然也包括川端文学在内。而继承与发扬传统美，为川端不懈的追求。

进入六十年代，日本经济高速发展。意识到历史进程的无情，社会发展的代价，作者深恐传统不继，盛事难再，便把古都的种种捉诸笔端，写照留影。小说始于樱花烂漫的春日，终于细雪纷飞的初冬。随着情节的展开，读者跟着千重子遍访京都的名胜古迹，欣赏平安神宫的樱花，嵯峨的竹林，北山的圆杉，青莲院的樟树，领略一年一度盛大的祇园会，时代祭，伐竹祭，鞍马的大字篝火……小说好似京都的风俗长卷，这些风物和民俗，在川端的笔下，已不单纯是小说的场景，本身就已构成艺术形象，不仅能唤起日本读者的审美情绪和文化乡愁，也让外国读者领略到日本的风情日本的美。总之，川端以一支深情的笔，在作品中，极写人性之美、自然之美和传统之美。

川端认为，作家应"以他的个性、地方性和民族性创作"（《乡土艺术问题概况》），而一个民族的文学，则有两条发展道路："即世界化的道路和东方化的道路……倘如仅局限于日本，便只能具有消极的世界性。而要有积极的世界性，则必须是超越日本之上，能予世界文艺以新的启示。"（《文艺寸言》）川端的创作，正是傍本源以求新，纳外来于传统，融传统美与现代派手法于一炉。所幸他，终于获得成功，既在本国得到高度赞扬，又为世界所认同：一九六八年，瑞典皇家科学院表彰他，"以敏锐的感觉，高超的叙事技巧，表现了日本人的精神实质"，"在架设东西方之间精神桥梁上，做出了自己的贡献"，从而授予他诺贝尔文学奖。川端文学，可谓启示，而启示本身，就是价值所在。

高慧勤
2008年1月

目录

001　雪　国

115　伊豆的舞女

雪国

一切营求努力总归徒劳。

穿过县境上长长的隧道,便是雪国。夜空下,大地赫然一片莹白。火车在信号所前停了下来。

姑娘从对面的座位上起身走来,放下岛村面前的车窗。顿时卷进一股冰雪的寒气。姑娘探身窗外,朝远处喊道:

"站长先生!站长先生!"

一个男人提着灯,慢腾腾地踏雪走来。围巾连鼻子都包住了。帽子的皮护耳垂在两边。

岛村眺望窗外,心想:竟这么冷了吗?只见疏疏落落的几间木板房,像是铁路员工的宿舍,瑟缩在山脚下。不等火车开到那里,雪色就给黑暗吞没了。

"站长先生,是我。您好。"

"哦,是叶子姑娘呀!回家吗?天儿可又冷起来啦。"

"听说我弟弟这次派到这儿来工作,承您照顾啦。"

"这种地方,恐怕待不了多久,就会闷得慌了。年纪轻轻的,也怪可怜的。"

"他还完全是个孩子,请您多加指点,拜托您了。"

"好说好说,他干活很卖力。这往后就要忙起来了。去年雪可大哩,常常闹雪崩,火车进退不得,村里送茶送饭的也忙得很呢。"

"站长先生,看您穿得真厚实呀。弟弟来信说,他连背心还都没穿呢。"

"我穿了四件衣服。那些年轻后生,一冷便光是喝酒。现在着了凉,一个个横七竖八全躺在那儿了。"

站长朝宿舍方向扬了扬手上的灯。

"我弟弟他也喝酒吗?"

"他倒不。"

"您这就回去?"

"我受了点伤,要去看医生。"

"噢,这可真是的。"

站长的和服上罩着外套,似乎想赶紧结束站在雪地里的对话,转过身子说:

"那么,路上多保重吧。"

"站长先生,我弟弟这会儿没出来吗?"叶子的目光向雪地上搜寻着。

"站长先生。我弟弟就请您多照应,一切拜托了。"

她的声音,美得几近悲凉。那么激扬清越,仿佛雪夜里会传来回声似的。

火车开动了,她仍旧没从窗口缩回身子。等火车渐渐赶上在轨道旁行走的站长时,她喊道:

"站长先生,请转告我弟弟,叫他下次休息时,回家一趟。"

"好吧。"站长高声答应着。

叶子关上窗子,双手捂着冻红的脸颊。

这些县境上的山,经常备有三辆扫雪车,以供下雪天之用。隧道的南北两端,已架好雪崩警报电线,还配备了五千人次的清雪民夫,再加上二千人次的青年消防员,随时可以出动。

岛村听说这位名叫叶子姑娘的弟弟打冬天起，便在这行将被大雪掩埋的信号所干活，对她就越发感兴趣了。

然而，称她"姑娘"，不过是岛村自己忖度罢了。同行的那个男子是她什么人，岛村自然无从知道。两人的举止虽然形同夫妻，但是，男的显然是个病人。同生病的人相处，男女间的拘谨便易于消除，照料得越是周到，看着便越像夫妻。事实上，一个女人照顾比自己年长的男子，俨然一副小母亲的样子，别人看着不免会把他们当成夫妻。

岛村只是就她本人而论，凭她外表上给人的印象，便擅自认为她是姑娘而已。或许是因为自己用异样的目光观察得太久，结果把自己的伤感也掺杂了进去。

三个小时之前，岛村为了解闷，端详着左手的食指，摆弄来摆弄去。结果，从这只手指上，竟能活灵活现感知即将前去相会的那个女人。他越是想回忆得清楚些，便越是无从捉摸，反更觉得模糊不清了。在依稀的记忆中，恍如只有这个指头还残留对女人的触感，此刻好似仍有那么一丝湿润，把自己带向那个遥远的女人身边。他觉得有点不可思议，时时把手指凑近鼻子闻闻。无意之中，这个指头在玻璃窗上画了一条线，上面分明照见女人的一只眼睛，他惊讶得差点失声叫出来，因为他魂牵梦萦正想着远方。等他定神一看，不是别的，原来是对面座位上那位姑娘映在玻璃上的影子。窗外，天色垂暮；车中，灯光明亮。窗上玻璃便成了一面镜子。但是暖气的温度使玻璃蒙上了一层水汽，手指没有擦拭之前，便不成其为镜子。

单单映出星眸一点，反而显得格外迷人。岛村把脸靠近车窗，赶紧摆出一副旅愁模样，装作要看薄暮景色，用手掌抹着玻璃。

姑娘上身微微前倾，聚精会神地守视着躺在面前的男人。从她肩膀使劲的样子，带点严肃、眨也不眨的目光，都显出她的认真来。男人的头靠窗枕着，蜷着腿，放在姑娘身旁。这是三等车厢。他和岛村不是并排，而是在对面一排的另一侧。男人侧卧着，窗玻璃只照到他耳朵那里。

姑娘恰好坐在岛村的斜对面，本来劈面便瞧得见，但是他俩刚上车时，岛村看到姑娘那种冷艳的美，暗自吃了一惊，不由得低头垂目；蓦地瞥见那男人一只青黄的手，紧紧攥着姑娘的手，岛村便觉得不好再去多看。

映在玻璃窗上的男人，目光只及姑娘的胸部，神情安详而宁静。虽然身疲力弱，但疲弱之中流露出一种怡然的情致。他把围巾垫在脑下，再绕到鼻子下面，遮住嘴巴，接着向上包住脸颊，好像一个面罩似的。围巾的一头不时落下来，盖住鼻子。不等他以目示意，姑娘便温存地给他披好。两人无心地一遍遍重复，岛村一旁看着都替他们不耐烦。还有，裹着男人两脚的下摆，也不时松开掉了下来。姑娘会随即发现，重新给他裹好。这些都显得很自然。此情此景，使人觉得他俩似乎忘却了距离，仿佛要到什么地角天涯去似的。这凄凉的情景，岛村看着倒也不觉得酸楚，宛如在迷梦中看西洋镜似的。这或许因为所看到的景象，是从奇妙的玻璃上映现出来的缘故。

镜子的衬底，是流动着的黄昏景色，就是说，镜面的映像同镜底的景物，恰似电影上的叠印一般，不断地变换。出场人物与背景之间毫无关联。人物是透明的幻影，背景则是朦胧逝去的日暮野景，两者融合在一起，构成一幅不似人间的象征世界。尤其是姑娘的脸庞上，叠现出寒山灯火的一刹那，真是美得无法形容，岛村的心灵都为之震颤。

　　远山的天空还残留一抹淡淡的晚霞。隔窗眺望，远处的风物依旧轮廓分明，只是色调已经消失殆尽。车过之处，原是一带平淡无趣的寒山，越发显得平淡无趣了。正因为没有什么尚堪寓目的东西，不知怎的，茫然中反倒激起他感情的巨大波澜。无疑是因为姑娘的面庞浮现在其中的缘故。映出她身姿的那方镜面，虽然挡住了窗外的景物，可是在她轮廓周围，接连不断地闪过黄昏的景色。所以姑娘的面影好似透明一般。那果真是透明的吗？其实是一种错觉，不停地从她脸背后疾逝的垂暮景色，仿佛是从前面飞掠过去，快得令人无从辨认。

　　车厢里灯光昏暗，窗玻璃自然不及镜子明亮，因为没有反射的缘故。所以，岛村看着看着，便渐渐忘却玻璃之存在，竟以为姑娘是浮现在流动的暮景之中。

　　这时，在她脸盘的位置上，亮起一星灯火。镜里的映像亮得不足以盖过窗外这星灯火；窗外的灯火也暗得抹杀不了镜中的映像。灯火从她脸上闪烁而过，却没能将她的面孔照亮。那是远远的一点寒光，在她小小的眸子周围若明若暗地闪亮。当姑娘的星眸同灯火重合叠印的一刹那，她的眼珠儿便像美丽撩人的萤火虫，飞舞在向晚的波浪之间。

　　叶子当然不会知道，自己给别人这么打量。她的心思全放在病人身上。即便转过头来朝着岛村，也不可能望见自己映在窗玻璃上的身影。恐怕更不会去留意一个眺望窗外的男人了。

　　岛村暗中盯着叶子看了好一会儿，忘了自己的失礼，想必是镜中的暮景有股超乎现实的力量，把他给吸引住了。

　　所以，她刚才喊住站长，真挚的情义盎然有余，也许岛村那时早就出于好奇，对她发生了兴趣。

车过信号所后，窗外一片漆黑。移动的风景一旦隐没，镜子的魅力也随即消失。尽管叶子那姣好的面庞依然映在窗上，举止仍旧那么温婉，岛村却在她身上发现一种凛然的冷漠，哪怕镜子模糊起来也懒得去擦了。

然而，时隔半小时之后，出乎意料的是，叶子他们竟和岛村在同一个站下车，他觉得好像要发生什么跟自己有点关系的事似的，回过头去看了一眼。但是，一接触到月台上凛冽的寒气，对方才在火车上自己的失礼行为，顿时感到羞愧起来，便头也不回地绕过火车头径自走了。

男人把手搭在叶子肩上，正要走下轨道，这边的站务员急忙举手制止。

不一会儿，从黑暗处驶来长长一列货车，将两人的身影遮住了。

旅馆派来接他的茶房，身上是全副防寒装束，穿得跟救火的消防员似的。包着耳朵，穿着长筒胶鞋。有个女人也披着蓝斗篷，戴着风帽，从候车室的窗户向铁道那边张望。

火车里的暖气还没从身上完全散掉，岛村尚未真正感到外面的寒意，但他这是初次领略雪国之冬，所以，一见到当地人这副打扮，先自给唬住了。

"难道真冷得非穿成这样子不可吗？"

"是啊，完全是一身冬装了。雪后放晴的头天晚上，冷得尤其厉害。今晚怕是要到零下了。"

"这就算是零下了吗？"岛村望着屋檐下怪好玩的冰柱，随着茶房上了汽车。一家家低矮的屋檐，在雪色中显得越发低矮。村里一片岑寂，如同沉在深渊中一般。

"果然如此，不论碰到什么东西，都冷得特别。"

"去年最冷的那天，到零下二十几度呢。"

"雪呢？"

"雪吗？一般有七八尺深，下大的时候，怕要超过一丈二三尺吧。"

"哦，这还是刚开头呐！"

"可不是，刚开头。这场雪是前几天刚下的，积了一尺来厚，已经化掉了不少。"

"竟还能化掉吗？"

"说不定几时就要下大雪。"

现在是十二月初。

岛村感冒始终不见好，这时塞住的鼻子顿时通了，一直通到脑门，清鼻涕直流，好像要把什么脏东西都冲个干净似的。

"师傅家的姑娘还在不在？"

"在，在。她也到车站来了，您没瞧见吗？那个披深蓝斗篷的。"

"原来是她？——等会儿能叫到她吧？"

"今儿晚上吗？"

"今天晚上。"

"说是师傅家的少爷今儿晚上就搭这趟末班车回来，她来接他了。"

暮色中，从镜子里看到叶子照料的那个病人，竟是岛村前来相会的那个女人家的少爷。

岛村知道这事，心里不觉一动，可是，对这一因缘时会却并不感到怎么奇怪。他奇怪的,倒是自己居然不觉得奇怪。

凭手指忆念所及的女人和眼睛里亮着灯火的女人,这两者之间,不知怎的,岛村在内心深处总预感到会有点什么事,或是要发生点什么事似的。难道是自己还没有从暮色苍茫的镜中幻境里清醒过来?那暮景流光,岂不是时光流逝的象征吗?——他无意中这么喃喃自语。

滑雪季节之前,温泉旅馆里客人最少,岛村从室内温泉上来时,整个旅馆已睡得静悄悄的。在陈旧的走廊上,每走一步,便震得玻璃门轻轻作响。在长长的走廊那头,账房的拐角处,一个女人长身玉立,和服的下摆拖在冰冷黑亮的地板上。

一见那衣服下摆,岛村不由得一怔,心想,毕竟还是当了艺伎了。她既没朝这边走过来,也没屈身表示迎候,只是站在那里一动不动。远远看去,仍能感到她的一番真情。岛村急忙走过去,默默无言地站在她身旁。她脸上搽了很厚一层白粉,想要向他微笑,反而弄成一副哭相。结果两人谁都没说什么,只是向房间走去。

既然有过那种事,竟信也不写,人也不来,连本舞蹈书都没有如约寄来。在她看来,人家是一笑了之,早把自己给忘了。按说,理应先由岛村赔不是或者辩白一番才是,可是尽管谁也没看着谁,这么一起走着,岛村仍然感觉出,她非但没有责怪自己的意思,反而整个身心都对他感到依恋。岛村觉得不论自己说什么,只会更显得自己虚情假意。在她面前,岛村尽管有些情怯,却仍然沉浸在一种甜蜜的喜悦之中。走到楼梯口时,岛村突然把竖着食指的左拳伸到她面前说:

"这家伙最记得你呐。"

"是吗?"说着便握住他的指头不放,拉他上了楼梯。

在被炉①前一松开手,她的脸刷地红到脖子。为了掩饰自己的窘态,又连忙抓起岛村的手说:

"是这个记得我,是吗?"

"不是右手,是这只手。"岛村从她掌心里抽出右手,插进被炉里,又伸出左拳。她若无其事地说:

"嗯,我知道。"

她抿着嘴笑,掰开岛村的拳头,把脸贴在上面。

"是这个记得我的,对吗?"

"啊呀,好凉。这么凉的头发,还是头一次碰到。"

"东京还没下雪吗?"

"你上一次虽然那么说,毕竟不是由衷之言。要不然,谁会在年底跑到这冰天雪地里来?"

上一次——正是雪崩的危险期已过,新绿滴翠的登山季节。

饭桌上不久就尝不到木通的嫩叶了。

终日无所事事的岛村,不知不觉对自己也变得玩世不恭起来。为了唤回那失去的真诚,他想最好是爬山。所以,便常常独自个儿往山上跑。在县境的群山里待了七天,那天晚上,他下山来到这个温泉村,便要人给他叫个艺伎来。而那天正赶上修路工程落成典礼,村里十分热闹,连兼作戏园的茧仓都当了宴会的场所。所以,女佣约略地说了一下,十二三个艺伎本来就忙不过来,今天恐怕叫不来。不过,师傅家的姑娘,虽然去宴席上帮忙,顶多

---

① 被炉,日本冬天常用的取暖用具,主要安置在客厅,通常为方形矮桌,桌下设有电热或炭火的取暖装置,桌上盖着被褥以防止热量外流,可将下半身伸到桌底取暖。

跳上两三个舞就会回来的，说不定她倒能来。岛村便又打听姑娘的事。女佣说，那姑娘住在教三弦和舞蹈的师傅家里，虽然不是艺伎，逢到大的宴会等场合，偶尔也应邀去帮忙。此地没有雏伎，多是些不愿起来跳舞的半老徐娘，所以那姑娘就给当成了宝贝。她难得一个人来旅馆应酬客人，但也不完全是本分人家的姑娘。

这一套话，岛村觉得不大可信，根本就没当回事。过了一个来小时，女佣才把那姑娘带了来，岛村惊讶之下，肃然端坐起来。女佣刚起身要走，姑娘一把拉住她的袖子，叫她也坐着。

姑娘给人的印象，是出奇地洁净。使人觉得恐怕连脚丫缝儿都那么干净。岛村甚至怀疑，是不是因为自己刚刚看过初夏山色，满目清新的缘故。

打扮虽然有点艺伎的风致，但和服下摆毕竟没有拖在地上，柔和的单衣穿得齐齐整整。只有腰带不大相称，好像挺贵重似的，相形之下显得可怜巴巴的样子。

女佣趁他们谈起山上的事，抽身走开了。姑娘竟连村里看得见的山都叫不出名字。岛村也没有喝酒的兴致。不料，姑娘却坦直地说起自己的身世：她原生在这个雪国，在东京当女侍陪酒的时候，被人赎出身来。本想日后当个日本舞的师傅借以立身处世，不承想，那位孤老一年半之后便过世了。从他死后到现在的这一段生活，恐怕才算得上是她真正的身世。不过，她似乎并不急于说出来。她说她今年十九岁。要是没谎报，人看上去倒有二十一二了。这一来，岛村才觉得不那么拘束了。等谈起歌舞伎来，有关艺人的演技风格和消息，她竟比岛村知道得还详细。也许她一直渴望有这样一个人可以谈谈，所以，说得起劲的时候，便露出风尘女子那种不拘形迹的样子。她似乎也懂得一些男人的心思。尽管如此,岛村一上来就当她是好人家的女儿看。再说他在山里有一个星期没怎么和人交谈,正是一腔热忱,对人充满眷恋之情。所以,对这姑娘,首先便有种近乎友情的好感,山居寂寥的情怀,也影响到他对姑娘的态度。

第二天下午,姑娘把洗澡用具放在走廊上,到他房里来玩。

不等她坐定,岛村冷不防提出要她帮着找个艺伎。

"你要我帮忙?"

"这还不明白?"

"你真是!我可做梦也没想到,你会求我这种事。"她愠怒地站起来走到窗旁,眺望县境上的群山。过一会儿,两颊绯红地说:

"这儿没那种人。"

"瞎说!"

"真的嘛!"说着一扭腰,坐到窗台上。"这儿绝对不作兴强迫人。全凭艺伎自己的意思。帮忙介绍之类的事,旅馆一概不管。这是真话。不信,你叫个人来,亲自问问看。"

"那你给找个人求求看。"

"为什么非要我这样做不可?"

"因为我把你当作朋友。既然想跟你交个朋友,所以,就不打你的主意。"

"这就叫朋友吗?"她不觉随着说出这么一句孩子气的话来,接着又脱口说道,

"你可真行,居然拿这种事来求我。"

"这又有什么呢?我上山把身体练结实了,脑子却不大清爽。就连跟你也不能爽爽快快地说话。"

姑娘垂下眼睑,默不作声。这样一来,岛村只好厚一厚脸皮,

然而，她大概也人情练达，习以为常了。她那低垂的双目，衬着浓黑的睫毛，愈益显得娇艳妩媚。岛村端详之下，姑娘轻轻摇了摇头，脸上微微泛出红晕。

"你就叫一位你看着中意的人来吧。"

"我不是在问你吗？我人地两生，怎么知道谁漂亮？"

"你是说要找位漂亮的？"

"年轻的才好。年纪轻，不论怎么着都错不了，最好不要多嘴多舌的。只要人老实，干净些就行。想聊天时，就找你。"

"我再也不来了。"

"胡说！"

"真的，不来了。来做什么呢？"

"我是想跟你清清白白做个朋友，所以不来怎么你。"

"这是怎么说的！"

"要是有了那种事，说不定赶明儿连你的面都不愿意见了。哪里还有兴致同你聊天！我打山上到村里来，就是为了想跟人亲近亲近，所以跟你才正正经经的。不过，我毕竟是个天涯倦旅的游子呀！"

"嗯，这倒是真话。"

"本来嘛，倘使我找了一个你讨厌的人，等以后见面，你心里也不会痛快。你替我挑，总归要好一些。"

"那谁知道！"她抢白了一句，便掉过脸去，又说，"话倒是不错。"

"要是那样一来，彼此之间便完了。还有什么趣！恐怕也长不了。"

"真的，谁都是这样。我出生在码头，而这儿是温泉村。"想不到姑娘用坦率的口吻说,"客人大多是出门的人。我那时还是孩子,听好多人说过,只有那些心里喜欢你却又没有明说的人,才叫人思念,不能忘怀。即使分手以后也是这样。能够想起你,寄封信来的,也大抵是这一类人。"

姑娘从窗台上站起来,柔媚地坐在窗下的席子上。脸上的神情好像在追思遥远的往事,却蓦地又恢复坐在岛村身旁的表情。

她的声音里透着真情实意,不免使岛村有些内疚,觉得自己是不是轻率地骗了她。

但是,他并没有说谎。无论如何她总还不是风尘中人。他即便要找女人,总可以用问心无愧的方法,轻而易举就能办到,何至于来求她。她太洁净了。乍一见到她,岛村就把那种事同她分开了。

再说,他那时对夏天到哪儿去避暑,尚委决不下。正考虑要不要把家眷也带到这温泉村来。幸而这女郎不是风尘中人,可以请她给太太做伴,无聊时还可以跟她学段舞蹈解解闷。他确是这么真心打算来着。尽管他想跟这姑娘做个朋友,可毕竟还是先试探了一下。

不用说,个中情形,也跟他看暮景中的镜子相仿,以岛村现在的心境而论,不仅不想跟什么不清不白的女人纠缠,恐怕对人也有一种不切实际的看法,如同端详夜色朦胧里映在车窗上的女郎一样。

岛村对西洋舞蹈的趣味也是如此。他生长在东京的商业区,从小便接触歌舞伎戏剧。到了学生时代,他的爱好转向传统舞蹈和舞剧。而他的脾气是,凡有喜好,就非追根究底弄个明白不可。于是便去涉猎古代记载,走访各派宗师,不久又结识一批日本舞坛新秀，居然撰写起研究和评论文章来。舞蹈界对传统歌舞的抱残守缺以及对新尝试的自鸣得意，岛村显然感到不满，因而产生一个念头：只有投身实际运动，别无他法。可是，正当日本舞坛新进人才怂恿他时，他却突然改行转向西洋舞蹈，日本舞连看都不看了。相反，他开始搜集西洋舞蹈方面的书籍和照片，甚至还想方设法从国外搜求海报和节目单之类。那绝不是仅仅出于对异国情调和未知事物的好奇。他之所以能从中发现新乐趣，恰在于无缘亲眼看到西洋人表演的舞蹈之故。日本人演西洋舞，岛村从来不看，便是证明。凭借西洋的出版物，撰写有关西洋舞的文章，哪有比这更轻松的事。看都未看过的舞蹈，便妄加评论，岂不是鬼话连篇！那简直是纸上谈兵，算得是异想天开的诗篇。虽然名曰研究，实则是想当然耳。他所欣赏的，并不是舞蹈家灵活的肉体所表演的舞蹈艺术，而是根据西方的文字和照片自家所虚幻出来的舞蹈，就如同迷恋一位不曾见过面的女人一样。由于他不时写些介绍西洋舞蹈的文字，好歹也忝列文人之属，有时不免自我解嘲，但是对于没有职业的他来说，也未尝不是一种慰藉。

岛村关于日本舞的一席话，居然促使女郎跟他亲近起来，可以说，他的这些知识，到这时才算派上实际用场。不过，说不定岛村无意之间，仍像对待西洋舞那样看待这姑娘。

所以，看到自己那番含着淡淡的旅愁的话，竟触动姑娘生活中的隐痛，便觉得好像欺骗了她，不免有些内疚。于是他说：

"这样的话，下次我把家眷带来，便可无所顾忌地同你畅游了。"

"嗯。这我都明白。"姑娘声音沉静地说，脸上带着微笑，然后又多少拿出艺伎那种嘻嘻哈哈的口气说，"我也顶喜欢那样，淡泊一些倒能持久。"

"所以你得给我叫一个。"

"现在？"

"嗯。"

"这是怎么说的！大白天的，怎么开得了口！"

"别人挑剩的，可不要！"

"你怎么说这种话！要是你把这温泉村当成唯利是图的地方，那可就错了。看看村里的情形，你难道还不明白？"她好像挺惊讶，竟一本正经地再三强调本地没有那种女人。岛村不信，她越发认真起来。但是也退让了几步，说不管怎么着，反正得由艺伎自己做主。艺伎倘若不告诉东家，擅自在外面留宿，出了事自己担责任，东家一概不管；要是事先关照过的，就由东家负责，承担一切后果。据她说，其中还有这样一点差别。

"你说的责任是指的什么？"

"譬方说，有了孩子啦，或是得了什么病啦的。"

岛村对自己问这种傻话，不由得苦笑了一下，心想，在这个山村里，说不定真有这种大方的做法。

岛村终日无所事事，想寻求一种保护色的心思，也是人情之常，所以旅途中对各处的人情风俗，有种本能的敏感。从山上一下来，在村子古朴的气象中，他立刻感受到一种闲适的情致。向旅馆一打听，果然是这一带雪国中生活最安逸的村落之一。前几年，火车还不通，据说这儿主要是农家温泉疗养地。有艺伎的人家，多是饭馆或卖红豆汤的小吃店，门上挂着褪了色的布帘，只消看一眼那熏黑的旧式纸拉门，不由人不怀疑，这种地方居然还有人光顾；而那些卖日用品的杂货铺或糖果店，也都雇上一名艺伎。掌柜的除了开店，似乎还得种田。大概因为是师傅家的姑娘吧，即或没有执照，偶尔去宴会上帮着应酬，也不会有哪个艺伎说什么闲话。

"那么，究竟有多少人呢？"

"艺伎吗？有十二三个吧？"

"哪一个好些呢？"岛村说着便站起来去按铃。

"我要回去了。"

"你回去怎么行？"

"我不乐意嘛。"她像是要摆脱屈辱似的说，"我回去了。你放心，我不会介意的。还会来的。"

但是一看到女佣，她又若无其事地坐了下来。女佣问她几次，叫谁好，她始终没点出一个名字来。

过了一会儿，来了一个十七八岁的艺伎，一见之下，岛村刚下山时那种对异性的渴念，顿时化为乌有。黑黑的手臂，瘦骨嶙峋的，不过人好像未经世故，显得很老实。岛村脸上尽力不露出扫兴的神色，一直朝艺伎那边看，其实是一味在眺望艺伎身后窗外那片新绿的群山。他连话也懒得说了。这真是十足的乡下艺伎。姑娘见岛村闷声不响，似很知趣，默默地起身走了。这一来，场面更加尴尬。约莫过了一小时光景，岛村寻思如何打发艺伎回去，忽然想起收到一笔电汇，借口要赶时间上邮局，便同艺伎走出房间。

然而，一出旅馆大门，抬头望见新叶馥郁的后山，像禁不住诱惑似的，拼命向山上爬去。

也不知道有什么好笑的，竟忍不住一个人笑个不止。

直到觉得累了，才一转身，撩起单和服的后摆，一口气跑下山来。这时,脚下飞起一对黄蝴蝶。

蝴蝶相戏相舞,一会儿便飞得比县境上的山还高,黄黄的颜色,渐渐变白,越飞越远。

"怎么啦?"姑娘站在杉树荫下,"笑得真开心呀。"

"算了。"岛村平白无故又想笑,"我不找了。"

"是吗?"

姑娘蓦地转过身,缓缓地走进杉林里。岛村默默地跟在后面。

那里有个神社。长着绿苔的石狮子旁,有块平坦的大石头,姑娘在上面坐了下来。

"这儿最凉快。哪怕是大热天,也有凉风吹来。"

"这里的艺伎全是那副德行吗?"

"差不多吧。年纪大些的倒有标致的。"姑娘低头淡淡地说,颈项间仿佛映上一抹杉林的暗绿。

岛村抬头望着杉树梢。

"这回好了。体力好像一下子全跑了。真怪。"

杉树长得很高,非要把手放在背后,撑在石头上,仰起上半身才能看到树梢。一株株的杉树,排成一行行的,树叶阴森,遮蔽天空,周围渺无声息。岛村背靠的那棵树干,是棵老树,也不知怎的,朝北的一侧,枝丫从下面一直枯到树顶,光秃秃的,宛如倒栽在树干上的尖木桩,像是一件凶神恶煞的武器。

"是我弄错了。从山上下来,头一个见到的就是你,糊里糊涂,以为这儿的艺伎全很漂亮。"岛村笑着说。这时他才发现,在山上待了七天,养精蓄锐,之所以想把过剩的精力一下子消耗掉,实在是因为他先就遇见了这个洁净的姑娘。

她凝目远望,河流在夕阳下波光粼粼。她有些发窘。

"噢，我差点忘了。想抽烟了吧？"姑娘尽量装出轻松的样子说，"方才我回房间一看，你不在。正纳闷，不知怎么回事。忽然从窗子里看见你一个人在拼命爬山，那样子真好笑。见你忘了带烟，顺便给你捎了来。"

说着，从袖子里掏出他的香烟，点上火。

"对那孩子，真过意不去。"

"那有什么，多咱打发回去，还不是随客人的便。"

河里多石，水声听来圆润而甜美。从杉林的树隙望去，可以看见对面的山，襞皱幽阴。

"除非找个跟你不相上下的，否则以后见到你，心里会感到缺憾的，是不是？"

"那谁知道！你这人可真难缠。"她愠怒地刺了岛村一句。然而，两人之间感情的交流，和没有叫艺伎之前，已全然不同。

岛村心里明白，自己要的，原本就是她，只不过方才照例在兜圈子罢了。对自己感到厌恶之余，看着她却觉得格外俏丽。自从她在杉树荫下喊住他之后，她人陡然间好像变得超尘脱俗起来。

笔挺的小鼻子虽然单薄一些，但下面纤巧而抿紧的双唇，如同水蛭美丽的轮环，伸缩自如，柔滑细腻。沉默时，仿佛依然在翕动。按理，起了皱纹或颜色变难看时，本该会显得不洁净，而她这两片樱唇却润泽发亮。眼角既不吊起也不垂下，眼睛仿佛是故意描平的，看上去有点可笑，但是两道浓眉弯弯，覆在上面恰到好处。颧骨微耸的圆脸，轮廓固然平常，但是白里透红的皮肤，宛如白瓷上了浅红。头颈不粗，与其说她艳丽，还不如说她长得洁净。

就一个陪过酒侍过宴的女人来说，只是稍稍有点鸡胸。

"你瞧，不知什么工夫飞了这么多蚋来。"她掸了掸衣服下摆站了起来。

在这片静寂之中，一味这么待着，两个人就只会百无聊赖，意兴阑珊。

那天晚上，大概十点钟光景，姑娘在走廊上大声喊岛村的名字，咕咚一声闯进他房里，一下子扑在桌上，醉醺醺地乱抓上面的东西，然后就咕嘟咕嘟净喝水。

说是去年冬天在滑雪场上认识的几个男人，傍晚翻山而来，正好遇上了。于是邀她顺路来旅馆玩玩，并叫了艺伎，胡闹一通，给他们灌醉了。

她晕头晕脑，语无伦次地乱说一气。

"这样不好，我去去就来。他们还以为我怎么的了，准在找我。待会儿再来。"说着踉踉跄跄走了出去。

大约又过了一个钟头，长长的走廊上响起凌乱的脚步声，似乎一路跌跌撞撞走了过来。

"岛村先生！岛村先生！"尖着嗓子在喊，"啊，我看不见，岛村先生！"

毫无疑问，这是女人一颗赤诚的心在呼唤心上人。岛村感到很意外。但是，声音那么尖，怕会惊醒整个旅馆，所以困惑地站了起来。姑娘手指戳破纸门，抓住门上木框，一下子扑倒在岛村怀里。

"啊，你在这儿！"

她缠着岛村坐下来，靠在他身上。

"我没醉。嗯，我哪儿醉了？好难受，只觉得不好受。可我人还清醒着呐。哦，想喝水。真不该喝掺了威士忌的酒，喝了会上头。我头痛。他们买的是便宜货,我一点儿都不知道。"说着不住用手心搓脸。

外面的雨骤然下大了。

稍一松手,她便软瘫在那里。岛村搂着她的脖子,脸颊差点压坏她的云鬓。手伸进她的前胸。

对他的要求,她没有搭理,只是抱住胳膊,像门闩似的挡在上面。因为酒醉力怯,胳膊使不上劲。

"怎么回事?这劳什子!该死,该死!我一点劲儿也没有,这劳什子!"说着一口咬住自己的胳膊。

他一惊,连忙扳开,胳膊上已经留下很深的牙印。

然而,她已听任摆布。在他手上乱画,说是把她喜欢的人的名字写给他看。写了二三十个演员和明星的名字,接着又写了不计其数的岛村。

岛村掌心里那圆鼓鼓的东西,越来越热了。

"啊,放心了,这回放心了。"他温和地说,甚至有种类似母性的感觉。

姑娘突然又难受起来,挣扎着站起来,匍匐在房间对面的角落里。

"不行,不行。我要回去,回去。"

"怎么能走呢?下大雨呢。"

"光脚回去,爬着回去。"

"那多危险。要回去,我送你。"

旅馆坐落在山岗上,有一段陡坡。

"把腰带松一松,或是躺一会儿,先醒醒酒好吗?"

"那不行。这样就很好。已经惯了。"她猛地坐直身子,挺着胸，反而更憋得慌。打开窗子想吐，却又吐不出。很想扭动身子翻来滚去，但又咬牙忍住了。这样过了好半天，不时地打起精神，一迭连声嚷着"回去，回去"的。不知不觉竟过了凌晨两点。

"你睡吧！哎，你去睡嘛！"

"那你呢？"

"就这么着。等酒醒一醒就回去。趁天不亮赶回去。"她跪着蹭过去，拉住岛村。

"别管我，睡你的吧。"

岛村躺进被窝，她趴到桌子上去喝水。

"起来，哎，我要你起来嘛！"

"你到底要我怎么着？"

"还是睡你的吧。"

"看你还说什么！"说着，岛村站起来。

把她拖了过去。

先是别转脸躲来躲去，不久，猛然把嘴凑了上来。

但接着，像梦呓般倾诉着痛苦：

"不行，不行。你不是说过，我们要做个朋友吗？"这句话翻来覆去，也不知说了几遍。

岛村被她真挚的声音打动了，看她蹙额皱眉，拼命压抑自己的那股倔劲儿，不由得意兴索然，竟至心想，要不要信守对她的许诺。

"我已经没什么值得可惜的了，我绝不是舍不得。可我，不是那种人，我不是那种女人呀！这样之后，就长不了，不是你自己说的吗？"

她已醉得神志不清了。

"不能怨我，是你不好。你输了。是你软弱，可不是我。"她顺口这么说着，为了克制涌上来的那阵喜悦，咬住了袖子。

她像失了神似的，安静了片刻。忽然又像想起了什么，尖刻地说：

"你在笑！你笑我呐，是不？"

"我没笑。"

"你心里在笑，对吧？这会儿不笑，过后也准会笑。"说着便伏下身子啜泣起来。

但立刻又停住不哭了。好像要把自己整个儿都交给他似的，温柔得如同小鸟依人，款款地谈起自己的身世来。酒醉之后的痛苦，似乎忘在脑后，已经过去。方才的事，一句也没提起。

"哎哟，只顾说话，把什么都忘了。"她羞涩地微笑着。

她说天亮之前非赶回去不可。

"天还很暗。这一带人家都起得很早。"她几次起来开窗探望，"连个人影都没有。今早下雨，谁都不会下田。"

阴雨中，对面的群山和山脚下的屋顶已经浮现出来，她依然恋恋不肯离去。直到旅馆里的人快起来之前，才赶紧拢好头发。岛村想送她到门口，她怕人看见，一个人匆匆忙忙逃也似的溜了出去。岛村当天便回东京去了。

"你上一次虽然那么说，毕竟不是由衷之言。要不然，谁会在年底跑到这冰天雪地里来。再说，事后我也没笑你。"

她蓦地抬起头，从眼皮到鼻子两侧，岛村手掌压过的地方，泛起红晕，透过厚厚的脂粉仍能看得出来。使人联想起雪国之夜的严寒，但是那一头美发鬓黑可鉴，让人感到一丝温暖。

她脸上笑容粲然，也许是想起"上一次"的情景，仿佛岛村的话感染了她，连身体也慢慢地红了起来。她恼怒地垂下头去，后衣领敞了开来。可以看到泛红的脊背，好像娇艳温润的身子整个裸露了出来。或许是衬着发色，使人格外有这种感觉。前额上的头发不怎么细密，但发丝却跟男人的一样粗，没有一丝儿茸毛，如同黑亮的矿物，发出凝重的光彩。

方才岛村生平头一次摸到那么冰冷的头发，暗暗有点吃惊，显然不是出于寒冷，而是她头发生来就如此。岛村不觉重新打量她，见她的手搁在被炉上，在屈指数数，数个没完。

"你在算什么呢？"岛村问。她仍是一声不响，搬弄手指数了半天。

"那天是五月二十三吧？"

"哦，你在算日子呀。七月八月连着两个大月呢。"

"哎，是第一百九十九天。正好是第一百九十九天哩。"

"倒难为你还能记住是五月二十三那天。"

"一看日记就知道了。"

"日记？你记日记吗？"

"嗯，看看从前的日记，不失为一种乐趣。什么也不隐瞒，照实写下来，有时看了连自己都会脸红。"

"从什么时候开始记的？"

"去东京陪酒前没多久。那时候手头很紧，买不起日记本，只好在两三分钱一本的杂记本上，自己用尺子画上线。大概铅笔削得很尖的缘故，线条画得很整齐。每一页从上到下，密密麻麻写满了小字。等以后自己买得起本子便不行了，用起来很不当心。练字也是，从前是在旧报纸上写，这一向竟直接在卷纸上写了。"

"你记日记没有间断过吗？"

"嗯,数十六岁那年和今年的日记最有趣。平时是从饭局回来,换上睡衣才写。到家不是已经很晚了吗?有时写到半截竟睡着了。有些地方现在还能认得出来。"

"是吗?"

"不过,不是天天都记,也有不记的日子。住在这种山村里,应酬饭局还不照例是那一套。今年只买到那种每页上印着年月日的本子,真是失算。有时一写起来就挺长。"

比记日记更让岛村感到意外的,是从十五六岁起,凡是读过的小说,她都一一做了笔记,据说已经记了有十本之多。

"是写读后感吗?"

"读后感我可写不来。不过是把书名、作者、出场人物的名字,以及人物之间的关系记下来罢了。"

"记了又有什么用呢?"

"是没有什么用。"

"徒劳而已。"

"可不是。"她毫不介意,爽脆地答道。同时却目不转睛地盯着岛村。

不知为什么,岛村还想大声再说一遍"徒劳而已",忽然之间,身心一片沉静,仿佛听得见寂寂雪声,这是受了姑娘的感染。岛村明知她这么记绝非徒劳,但却偏要兜头给她来上一句,结果反倒使自己觉得姑娘的存在是那么单纯真朴。

她所说的小说,似乎和通常的文学渺不相涉。同村里人的交往也无所谓友情,无非是彼此间借阅妇女杂志之类,然后各看各的。漫无选择,也不求甚解,在旅馆的客厅里只要见到有什么小说或杂志,便借去阅读。即便如此,新作家中,她想得起的名字,有不少连岛村都不知道。她的口气,宛如在谈论远哉遥遥的外国文学,就跟毫无贪欲的乞丐在诉苦一般,听上去可怜巴巴的。岛村心想,自己凭借外国图片和文字,幻想遥远的西洋舞蹈,情形恐怕也与此差可仿佛。

对于不曾看过的电影和戏剧,她也会高高兴兴地谈论一番。也许是几个月来,一直渴望有这么一个可以与之交谈的人。她大概忘了,那一次,在一百九十九天之前,也曾热衷于谈论这些,结果竟成为她委身岛村的机缘。此刻,她又纵情于自己所描述的一切,简直连身子都发热了。

然而,她向往都会之情,如今也已冷如死灰,成为一场天真的幻梦。她这种单纯的徒劳之感,比起都市里落魄者的傲岸不平,来得更为强烈。纵然她没有流露出寂寞的神情,但在岛村眼中,却发现有种异样的哀愁。倘若是岛村沉溺于这种思绪里,恐怕会陷入深深的感伤中去,竟至于连自己的生存也要看成是徒劳的了。可是,眼前这个姑娘为山川秀气所钟,竟是面色红润,生气勃勃。

总之,岛村对她有了新的认识。但在她当了艺伎的今天,却反而难于启齿了。

那一次,她在泥醉之中对自己软瘫无力的手臂,恨得牙痒痒的。

"怎么回事?这劳什子!该死,该死。我一点劲儿也没有,这劳什子。"说着便一口咬住自己的胳膊。

因为站不住,倒在席子上滚来滚去。

"我绝不是舍不得。可我,不是那种人,我不是那种女人呀!"岛村想起她这句话,正在游移之间,她也猛然惊觉。正巧这时传来一阵火车汽笛声。

"是零点北上的火车。"她顶撞似的说了一句便站起来,稀里哗啦地拉开纸窗和玻璃窗,凭栏坐到窗台上。

寒气顿时灌进屋内。火车声渐渐远去,听上去如呼呼的夜风。

"喂,不冷吗?傻瓜!"岛村站起来过去一看,没有一丝风。

那是一派严寒的夜景,冰封雪冻,簌簌如有声,仿佛来自地底。没有月亮。抬头望去,繁星多得出奇,灿然悬在天际,好似正以一种不着痕迹的快速纷纷地坠落。群星渐渐逼近,天空愈显悠远,夜色也更见深沉。县境上的山峦已分不出层次,只是黑黝黝的一片,沉沉地低垂在星空下。清寒而静寂,一切都十分和谐。

感知岛村走近身旁,姑娘把胸脯伏在栏杆上。那姿势没有一些儿软弱的表示,衬在这样的夜空下,显出无比的坚强。岛村心想,又来了。

尽管山色如墨,不知怎的,却分明映出莹白的雪色。这不免令人感到远山寂寂,一片空灵。天容与山色之间有些不大调和。

岛村扳着姑娘的喉咙说:

"会着凉的,这么冷!"使劲往后拉她。她攀住栏杆,哑着嗓子说:"我回去了。"

"你走吧。"

"让我再这样待一会儿吧。"

"那我洗澡去。"

"不嘛,你也留在这儿。"

"把窗关上。"

"再开一会儿。"

村子半隐在神社的杉林后面。乘汽车不到十分钟便可到火车站,严寒中,站上的灯光明灭,瑟瑟有声,仿佛要裂开似的。

姑娘的脸颊，窗上的玻璃，自身棉服的衣袖，所有触摸到的东西，岛村头一回觉得竟是这样的冷。

就连脚下的席子也砭人肌骨。他想独自去洗澡，姑娘说：

"等等，我也去。"乖乖地跟着来了。

她正把岛村脱下的衣服收进篮子的时候，一个投宿的男客走了进来。看见姑娘畏缩地把脸藏在岛村胸前，便说：

"啊，对不起。"

"不客气，请便吧。我们到那边去。"岛村急口说着，光身抱起衣篮走到隔壁的女浴池。当然，姑娘装作夫妇模样跟了过来。岛村一声不响，头也不回，径自跳进温泉。感到宾至如归，直想放声大笑，便把嘴巴对着龙头，使劲漱口。

回到房间，姑娘从枕上轻轻抬起头，用小手指将鬓发往上拢了拢。

"真伤心。"只说了这么一句便不作声了。

岛村以为她还半睁着漆黑的眸子，凑近一看，原来是睫毛。

这个神经质的女人，竟然一夜没合眼。

硬邦邦的腰带窸窣作响，大概把岛村吵醒了。

"真糟糕，这么早就把你吵醒。天还没亮呐，哎，你看看我好不好？"姑娘熄灭电灯。

"看得见我的脸吗？看不见？"

"看不见。天不是还没亮吗？"

"瞎说。你非好好看看不可。看得见不？"说着又敞开窗户。

"不行，看见了是不是？我该走了。"

晓寒凛冽，令岛村惊讶。从枕上抬头向外望去，天空还是一片夜色，但山上已是晨光熹微。

"对了,不要紧。现在正是农闲,没人会这么一大早出门的。不过,会不会有人上山来呢?"她自言自语,拖着没系好的腰带走来走去。

"方才五点钟那班南下的火车,好像没有客人下来。等旅馆的人起来,还早着呢。"

系好腰带之后,仍是一会儿站一会儿坐,不住地望着窗外,在房里踯躅。她像一头害怕清晨的夜行动物,焦灼地转来转去,没个安静。野性中带着妖艳,愈来愈亢奋。

不久,房间里也亮了起来,姑娘红润的脸颊也更见分明。红得那么艳丽,简直惊人,岛村都看得出神了。

"脸蛋那么红,冻的吧?"

"不是冻的。是洗掉了脂粉。我一进被窝,连脚趾都会发热。"说着便对着枕边的梳妆台照了照。"天到底亮了,我该回去了。"

岛村朝她那边望了一眼,倏地缩起脖子。镜里闪烁的白光是雪色,雪色上反映出姑娘绯红的面颊。真有一种说不出的洁净,说不出的美。

也许是旭日将升的缘故,镜中的白雪寒光激射,渐渐染上绯红。姑娘映在雪色上的头发,也随之黑中带紫,鲜明透亮。

也许是怕雪积起来,让浴池里溢出的热水,顺着临时挖成的水沟,绕着旅馆的墙脚流,可是在大门口那儿,竟汇成一片浅浅的泉水滩。一条健壮的黑毛秋田狗,站在踏脚石上舔了半天泉水。供旅客用的滑雪用具,好像是刚从仓库里搬出来,靠墙晾了一排。温泉的蒸气冲淡了那上面的霉味。雪块从杉树枝上落到公共澡堂的屋顶,一见热也立即融化变形。

不久,从年底到正月这段日子,那条路就会给暴风雪埋住了。

到那时，去饭局应酬，非得穿着雪裤，套着长筒胶鞋，裹在斗篷里，再包上头巾不可。那时的雪，有一丈来深。黎明前，姑娘倚窗俯视旅馆下面这条坡道时，曾经这么说过。此刻岛村正从这条路往下走。从路旁晾得高高的尿布底下，望得见县境上的群山。山雪悠悠，闪着清辉。碧绿的葱还没有被雪埋上。

村童正在田间滑雪。

一进村，檐头滴水的声音，轻轻可闻。

檐下的小冰柱，晶莹可爱。

一个从澡堂回来的女人，仰头望着屋顶上扫雪的男人说：

"劳驾，顺便帮我们也扫一下吧，行吗？"似乎有些晃眼，拿湿手巾擦着额角。她大概是趁滑雪季节，及早赶来当女招待的吧？隔壁就是一家咖啡馆，玻璃窗上的彩色画已经陈旧，屋顶也倾斜下来。

一般人家的屋顶大抵铺着木板条，上面放着一排排石头。这些圆石，只有晒到太阳的一面才在雪中露出黝黑的表皮。色黑似炭，倒不是因为潮湿，而是久经风雪吹打的缘故。并且，家家户户的房屋，给人的印象也类似那些石头。一排排矮屋，紧贴着地面，全然一派北国风光。

孩子们从沟里捧起冰块，往路上摔着玩。想是那脆裂飞溅时的寒光，使他们觉得有趣。岛村站在阳光下，看到冰块有那么厚，简直不大相信，竟至看了好一会儿。

一个十三四岁的女孩，独自靠着石墙织毛线。雪裤下穿双高底木屐，没穿袜子。两只光脚冻得发红，脚板上出了皲裂。身旁的柴垛上，坐个三岁上下的小女孩，乖乖地拿着毛线团。大女孩从小女孩手中抽出来的那根灰色旧毛线，也发出温煦的光泽。

隔着七八家，前面是家滑雪用品厂，从那里传来刨子的声音。工厂对过的屋檐下，站着五六个艺伎，正在闲聊。早晨岛村刚从女侍那里打听到，姑娘的花名叫驹子，心想那儿准有她。果然，她似乎也看见岛村走过来，脸上摆出一本正经的样子。"她准保会脸红。但愿能装得像没事儿人似的才好。"不等岛村这么想，驹子已经连脖子都红了。她本可以回过脸去，结果竟窘得垂下眼睛，但是目光却又追随着岛村的脚步，脸一点一点地朝他转过去。

岛村的脸上也有些火辣辣的，赶紧从她们的面前走过去。这时驹子随即追了上来。

"你真叫我窘死了，居然打这儿过！"

"要说窘，我才窘呢。你们全班人马排开那种阵势，吓得我都不敢过来。你们常这样吗？"

"差不多，下午常这样。"

"一会儿脸红，一会儿又吧嗒吧嗒追上来，岂不是更窘吗？"

"管它呢。"说得很干脆，脸却立刻又绯红了。站在那里，攀着路旁的柿子树。

"我是想请你顺便到我家坐坐才跑过来的。"

"你家就住这儿？"

"嗯。"

"要是给我看日记，我就去。"

"那是我死前要烧掉的东西。"

"不过，你那儿有病人吧？"

"哟，你倒知道得挺清楚。"

"昨晚你不是也去车站接人了吗？披了一件深蓝色的斗篷。在火车上，我就坐在病人的近旁。有个姑娘陪着他，既体贴，又殷勤。是他太太吧？是从这里去接他的，还是由东京来的？简直就像母亲似的，我看着很感动。"

"这事儿，你昨晚上怎么不告诉我？为什么那时不说？"驹子嗔怪地问。

"是他太太吗？"

驹子没理他，却说：

"为什么昨晚不说？你这人真怪。"

岛村不喜欢她这种泼辣劲儿。但是，她之所以这么激切，无论对岛村和驹子本人来说，都是没来由的。或许可看成是她性格的流露。总之，在她一再盘问之下，岛村倒觉得好像给抓住了弱点似的。今早，从映着山雪的镜中看到驹子时，岛村当然也曾想起，黄昏时照在火车窗玻璃上的那个姑娘。那时他为什么没把这事告诉驹子呢？

"有病人也不要紧。我房里没人来。"说着，驹子走进低矮的石墙里。

右面是白雪覆盖的菜地，左面在邻家的墙下，栽了一排柿子树。房前好像是花圃，中间有个小小的荷花池。里面的冰块已经捞到池边，池中游着金鲤。如同柿子树的枝干一样，房屋也有些年头了。积雪斑驳的房顶上，木板已经朽烂，檐头也倾斜不平。

一进门，阴森森的，什么都没看清，便给带上了梯子。真是名副其实的梯子。上面的屋子也是名副其实的顶楼。

"这本来是间蚕房。你奇怪了吧？"

"这种梯子，喝醉酒回来，不摔下来真难为你。"

"怎么不摔。不过，那时我就钻进下面的被炉里，多半就那样睡着了。"驹子把手伸进被炉摸了摸，站起来取火去了。

岛村环视一下这间古怪的屋子。南面只有一扇透亮的矮窗，纸拉窗的细木格上新糊了纸，阳光照在上面很亮堂。墙上也整整齐齐糊着毛边纸。使人有种置身于纸盒的感觉。屋顶上没有顶棚，向窗户那头倾斜下去，仿佛笼罩一层幽暗寂寞的气氛。不知墙的那边是什么样子，想到这里，便觉得这间屋仿佛悬在半空，有点不牢靠似的。墙壁和席子虽然陈旧，却十分干净。

岛村想象驹子像蚕一样，以她透明之躯，住在这儿的情景。

被炉上盖着同雪裤一样的条纹布棉被。衣柜大概是驹子住在东京时的纪念品，尽管很旧，却是用木纹很漂亮的桐木做的。但梳妆台是件蹩脚货，同衣柜不大相称。朱漆针线盒依旧富丽堂皇。墙上钉着几层木板，大约是作书架用的，上面挂着纯毛的帘子。

昨晚陪酒穿的那身衣服也挂在墙上，衬衣的红里子露在外面。

驹子擎着火铲，轻巧地爬上梯子说：

"是从病人房里取来的，不过听人说火是干净的。"说着俯下新梳的发髻，一边拨弄火盆里的灰，一边谈起病人患的是肠结核，回到家乡来等死的。

说是家乡，其实少爷并不生在这里。这儿是他母亲的故里。母亲原在一个港口小镇当艺伎，后来便成了教日本舞的师傅，在那里住了下来。可是人还没到五十，便得了中风，这才回温泉村来养病。少爷从小喜欢摆弄机器，进钟表店学手艺，一个人留在镇上。不久又去了东京，好像是上夜校读书。大概是积劳成疾，今年才二十六岁。

驹子一口气说了这些，但是陪少爷回来的姑娘是什么人，驹子为什么住在这户人家里，仍然一句也没提到。

然而，在这间宛如悬空的屋子里，哪怕是这么几句话，驹子的声音似乎也能向四面八方传开去,所以岛村心里怎么也踏实不下来。

刚要跨出门口,看见有个发白的东西,回头一看,原来是只桐木做的三弦琴盒。好像比实物更大更长。他简直没法相信,驹子会带着这个去应酬饭局。这时有人拉开熏黑了的拉门。

"驹姐,从这上面跨过去行吗?"

声音清澈悠扬,美得几近悲凉,仿佛不知从哪儿会传来回声似的。

岛村记得这声音,那是叶子在夜车上探身窗外,向雪地里招呼站长的声音。

"不碍事的。"驹子刚说完,叶子穿着雪裤,轻盈地迈过三弦。手上提着一只玻璃夜壶。

从昨晚同站长说话那熟稔的口气,以及身上穿的雪裤来看,叶子显然是本地姑娘。华丽的腰带从雪裤上露出一半,把雪裤上黄黑相间的粗条纹,衬托得格外鲜明。同样,毛料和服的长袖,也显得十分艳丽。雪裤腿在膝盖上方开了衩,鼓鼓囊囊的,不过,棉布的质地坚实挺括,看着挺顺眼。

叶子朝岛村尖利地睃了一眼,一声不响地走过一进门的泥地。

岛村出了大门,仍觉得叶子的目光在他眼前灼烁。那眼神冷冰冰的,如同远处的一星灯火。或许是因为岛村想起了昨夜的印象。昨晚,他望着叶子映在车窗上的面庞,山野的灯火正从她面庞上闪过,灯火和她的眸子重叠,朦胧闪烁,岛村觉得真是美不可言,心灵为之震颤不已。想着这些,又忆起在镜中,驹子浮现在一片白雪之上的那绯红的面颊。

岛村越走越快。尽管他的脚又肥又白,因为喜欢登山,一面看着景致一面走路，竟至悠然神往，不知不觉中加快了脚步。他往往会突然陷入爽然若失的境界，所以，无论是那暮景中的玻璃，抑或是晨雪中的镜子，他绝不相信是出于人工的。那是自然的默示，是遥远的世界。

甚至驹子那房间，他刚刚离开，仿佛也属于遥远的世界似的。这些想法，连他自己都感到惊愕。上了山坡，走来一个按摩的盲女。岛村好像得救似的问：

"按摩的，能给我按摩一下吗？"

"哦，不知道几点钟了？"说着，把竹杖挟在腋下，右手从腰带里掏出一只有盖的怀表，左手的指尖摸着表盘说：

"已经过了两点三十五分了。三点半钟得上车站去一趟，不过迟一些也不打紧。"

"难为你倒能知道表上的时间。"

"是啊，我把表面上的玻璃拿掉了。"

"用手摸一下就能知道表上的字吗？"

"字我倒不知道。"说着，把那块女人用嫌大了的银表又掏出来，揭开表盖，用手指按着给岛村看，说：这是十二点，那是六点，当中是三点。

"然后再推算出时间，虽然不能一分不差，但也错不了两分。"

"哦，是这样。走山路不会失脚滑下去吗？"

"要是下雨，女儿会来接我。晚上就给村里人按摩，不上这儿来了。旅馆里的女侍却打趣说，我老伴不放我出来，真没治。"

"孩子大了吗？"

"是的，大女儿已经十三了。"这样说着话，便进了房间。她一声不响地按摩了一会儿，侧起头倾听远处酒席上传来的三弦声。

"这是谁在弹呢？"

"凭三弦声，你能分辨出是哪个艺伎弹的吗？"

"有的听得出，也有听不出的。先生。您的境遇相当不错呢，身子骨这么软。"

"还没发硬吧？"

"脖子上的筋肉有点硬。胖得还适度。您不喝酒吧？"

"你居然能猜到。"

"我认识的客人中，有三位体型刚好同您差不多。"

"这种体型太平常了。"

"说真的，要是不喝酒，还真没什么乐趣。喝酒，能叫人把什么都给忘掉。"

"你丈夫喝酒吧？"

"喝得简直拿他没办法。"

"谁弹的三弦，这么蹩脚？"

"可不是呢。"

"你也会弹吧？"

"嗯。从九岁起学到二十岁。成了家以后，有十五年没弹了。"

岛村心里想，瞎子看上去显得比实际年纪轻。

"小时学的，扎实呀。"

"现在手已经只能按摩了，耳朵倒没事，还可以听听。这样听她们弹，有时心里不免有些着急。唉，觉得就跟自己当年似的。"接着又侧耳听了一下说，"可能是井筒家的阿文姑娘。弹得最好的和最差的，最容易听得出来。"

"有弹得好的吗？"

"有个叫阿驹的姑娘，年纪不大，近来弹得很见功夫。"

"唔。"

"先生您认识她吧？要说好么，不过是在咱这山村里说说罢了。"

"不，我不认识。不过，昨晚上师傅的儿子回来，我们倒是同一趟车。"

"咦，是病好了回来的？"

"看样子不大好。"

"是吗？少爷在东京病了很久，今年夏天驹子姑娘就只好去当艺伎，听说一直汇钱给医院。也不知究竟是怎么回事。"

"你是说那个驹子吗？"

"话又说回来，固然是订了婚，也该尽力而为，但这日久天长，可就……"

"你说他们订了婚，真有这回事吗？"

"嗯，听说订了婚。我不大清楚，别人都这么说。"

在温泉旅馆，听按摩女谈艺伎的身世，原是司空见惯的事，不料反使人感到意外。驹子为了未婚夫去当艺伎，本来也是极平常的故事，可是，按岛村的心思，却实在难以索解。那也许是同他的道德观念发生抵触的缘故。

他很想再深究一下，可是按摩的竟不再开口了。

即便说，驹子是少爷的未婚妻，叶子是他的新情人，那少爷又将不久于人世的话……这一切在岛村的脑海里，不能不浮现出"徒劳"二字。驹子尽她未婚妻的责任也罢，卖身让未婚夫养病也罢，凡此种种，到头来不是徒劳又是什么呢？

岛村还想，等见到驹子非兜头再给她一句不可，告诉她这"纯属徒劳"。不过，也不知怎的，由此反而更感到驹子的为人，依然还保持她单纯真率的本色。

这种种假相弄得她麻木不仁,难保不使她走上不顾羞耻的地步。岛村凝神吟味着,按摩女走了之后,仍然躺在那里,直到他从心底里感到一阵寒意,才发现窗户一直敞着。

山谷里天暗得早,已经日暮生寒。薄明幽暗之中,夕阳的余晖映照着山头的积雪,远山的距离仿佛也忽地近多了。

不久,随着山的远近高低不同,一道道皱襞的阴影也愈加浓黑。等到只有峰峦上留下一抹淡淡的残照时,峰巅的积雪之上,已是漫天的晚霞了。

村里的河岸上,滑雪场,神社里,到处是一棵棵杉树,憧憧黑影越发分明。

正当岛村陷入空虚和苦闷之中,驹子宛如带着温暖和光明,走了进来。

说是旅馆里在开会,商量接待滑雪旅客的事。驹子是邀来在会后的酒席上陪酒的。一坐进被炉,便拿手摸着岛村的脸颊说:

"今晚脸色好白,真怪。"

说着,捏着他柔软的脸颊,几乎要掐破似的。

"你真是个傻瓜。"

好像已经有点儿醉了。可是,等散席之后,一来便说:

"不管,再也不管了。头痛,好头痛。啊,好难受呀,难受!"一下子瘫在梳妆台前,顿时脸上醉意蒙眬,甚至有些可笑的样子。

"我要喝水,给我水。"

两手捂着脸,也不怕弄坏发髻,径自躺了下去。一会儿,又坐了起来,用雪花膏擦掉脂粉,露出绯红的面颊。驹子自己也乐不可支地笑个不停。倒也出奇，酒反而很快就醒了。她好像挺冷的样子，肩膀直打战。

然后，口气很平和地说起，她因为神经衰弱，八月里整月都闲着，什么事也不做。

"我真担心自己会疯了。好像有什么事老也想不开。究竟有什么可想不开的，连自己都莫名其妙。你说多可怕。一点儿也睡不着，只有出去应酬的时候，人还精神些。我做过各式各样的梦。饭也吃不大下。老是拿根针，在席子上扎来扎去的，扎个没完。而且，是在那种大热天里。"

"你几月去当艺伎的？"

"六月。要不然，没准儿我这时已经到滨松去了呢。"

"去结婚？"

驹子点了点头。她说，滨松那个人一直缠着她，叫跟他结婚，可驹子压根儿不喜欢他，始终拿不定主意。

"既然不喜欢，还有什么好踌躇的？"

"哪那么简单。"

"对结婚就那么起劲？"

"你讨厌！事情当然不是这样，不过，我要是有什么事没了，心里就踏实不下来。"

"嗯。"

"你这人，说话太随便。"

"你同滨松那个人之间，是不是已经有点什么？"

"要是有，何至于这么拿不定主意。"驹子说得很干脆。"不过，他说过，只要我待在这里，他就决不让我同别人结婚，要变着法儿从中作梗。"

"他在滨松那么远，你何苦担这份心。"

驹子沉默半晌，好像身上暖洋洋的，挺惬意，躺在那里，一动不动，忽然，她若无其事地说：

"我还以为是怀了孕呢。嘻嘻，现在想起来真好笑，嘻嘻。"她抿着嘴笑，突然蜷起身子，像孩子似的，两手抓住岛村的衣领。

两道浓密的睫毛合在一起，看着就像是半开半闭的黑眸子。

翌日清晨，岛村醒来时，驹子已经一只胳膊支在火盆边上，在旧杂志上随意乱画。

"哎，回不去了呢。方才女佣送火进来，真难为情。吓得我赶紧起来，太阳都已经照到纸门上来了。大概昨晚喝醉了，竟迷迷糊糊睡着了。"

"几点了？"

"都八点了。"

"洗澡去吧？"岛村说着也起来了。

"不去，走廊上会碰到人的。"

等岛村从浴池回来，驹子俨然是个温顺本分的女子，用手巾俏模俏样地包着头，正在勤快地打扫房间。

出于洁癖，她把桌子腿、火盆边，都擦了一遍。拨灰弄火也挺麻利。

岛村把脚伸进被炉，躺在那儿抽烟。烟灰掉了，驹子用手帕轻轻拾掇起来，然后拿来一个烟灰缸。岛村爽朗地笑了起来。驹子也跟着笑了。

"你要是成了家，你丈夫准得成天挨骂。"

"我不是什么也没骂吗？平日就连要洗的脏东西都叠得整整齐齐的，人家常笑我。生就的脾气。"

"一般常说，只要看一看衣柜，就可以知道女人的脾性如何了。"

朝阳满屋，温暖宜人。驹子一面吃早饭，一面说：

"天气真好。能早些回去练琴多好。这种天气，连琴声都跟平日不同。"

说着，仰望一碧到底的蓝天。

远山的积雪如同乳白色的轻烟，笼罩在山巅。

岛村想起按摩女的话，便说她可以在这里练琴。驹子马上站起来，打电话叫家里把替换的衣服和三弦的曲本送来。

昨天去过的那种人家，居然会有电话？岛村想到这里，脑海里不禁又浮现出叶子那双眼睛。

"是那姑娘给你送来吗？"

"也许。"

"听说，你同那位少爷订了婚，是吗？"

"哟，你什么时候听说的？"

"昨天。"

"你这人真怪。听就听说了呗，昨天怎么没说呢？"可是这次不像昨天白天，驹子只是爽朗地微笑着。

"除非瞧不起你，不然就说不出口。"

"言不由衷。东京人就会说谎，讨厌。"

"你看，我刚开口，你就打岔。"

"谁打岔了！那你真相信了吗？"

"真相信了。"

"又瞎说。你才没当真呢。"

"当然，也确实有点疑惑。可是，人家说你为了未婚夫才去当艺伎的，好赚钱给他治病。"

"真讨厌，说的就跟新派文明戏似的。订婚什么的全是无稽之谈。大概有不少人都那样认为。其实我当艺伎何尝是为了别人？不过是尽尽人事罢了。"

"你净跟我打哑谜。"

"跟你明说吧，师傅未尝没这么想过：我和少爷若能成婚，倒也不错。尽管她心里这么想，嘴上可从来没提过。不过，师傅的心思，少爷也好，我也好，都隐隐约约猜到一些。可是，我们俩本人也并不怎么的，如此而已。"

"你们算得是青梅竹马喽。"

"就算吧。不过，我们可不是在一起长大的。我给卖到东京的时候，是他一个人送我上的车。我最早的日记里，一开头记的就是这件事。"

"要是你们两人都住在港口小镇上，说不定现在已经成家了。"

"我想不至于吧。"

"是吗？"

"少替别人操心吧。他反正不久于人世了。"

"那你在外头过夜总不大好。"

"你不该说这种话。我爱怎么的就怎么的，人都快死了，哪儿还管得着！"

岛村无言以对。

可是，驹子仍然只字不提叶子，这究竟是什么缘故呢？

再说叶子，即便在火车上，也像个小母亲似的，忘我地照料少爷，把他带了回来。现在，又要给这位也不知是他什么人的驹子，一清早就送替换的衣服来，她心里该做何感想呢？

岛村又像往常那样，冥思遐想起来。

"驹姐，驹姐。"外面传来叶子的声音，虽然低沉，却清澈优美。

"哎，让你受累了。"驹子起身走到隔壁三张席的小房间里。

"阿叶，你来啦。啊哟，全拿来了，多沉啊。"

叶子好像什么也没说便回去了。

驹子用手指把第三弦给挑断，换上新弦，定好音。仅这几下，岛村便已听出她琴艺的精湛纯熟。等她打开被炉上鼓鼓的包袱一看，除了普通的练习曲谱之外，还有二十几本杵家弥七[①]的《文化三弦谱》。岛村颇为意外，拿起来问道：

"你就用这个练琴？"

"可不，这儿又没有师傅，有什么办法。"

"家里不是现成有师傅吗？"

"她中风了。"

"中风了，也可以口授嘛。"

"话也不能说了。左手虽然能动，舞蹈还可以指点一下，弹三弦却叫人听了心烦。"

"谱子看得懂吗？"

"都看得懂。"

"若是一般人倒也罢了，一个艺伎能在偏远的山村里，发愤苦练，乐谱店也准会高兴吧。"

"陪酒时主要是舞蹈，而且，在东京学的，也是舞蹈。三弦只学了点皮毛。忘了也没人指点，只好靠曲谱了。"

[①] 杵家弥七（1890—1942），日本长歌三弦演奏家，对三弦音乐的普及和现代化卓有贡献。

"歌曲呢?"

"歌曲可不行。练舞蹈时记得的,还凑合,新曲子是听收音机,要么就是在什么地方听会的,至于好坏,就不知道了。闭门造车,准是怪腔怪调的。再说,在熟人面前,张不开口。若是生人,还敢放开声音唱唱。"说完,不免有些娇羞,然后,仿佛等人唱歌似的,端正姿势,盯着岛村。

岛村不觉为之一震。

他生长在东京的商业区,自幼受歌舞伎和日本舞的熏陶,有些长歌的词句还能记得,那也是听会的,自己并没特意去学。提起长歌,便立即联想起舞台上的演出,却无从想象艺伎在酒宴上是怎么唱的。

"真讨厌,你这个客人,顶叫人紧张了。"说完,轻轻咬着下唇,把三弦抱在膝上,宛如换了一个人似的,一本正经翻开曲谱。

"这是今年秋天照谱子练的。"

弹的是出《劝进帐》①。

蓦地,岛村感到一股凉意,从脸上一直凉到了丹田,好像要起鸡皮疙瘩似的。岛村那一片空灵的脑海里,顿时响彻了三弦的琴声。他不是给慑服,而是整个儿给击垮了。为一种虔诚的感情所打动,为一颗悔恨之心所涤荡。他瘫在那里,感到惬意,任凭驹子拨动的力,将他冲来荡去,载沉载浮。

---

① 《劝进帐》,日本戏剧,歌舞伎十八番之一,在能(日本古典剧种)的演目《安宅》的基础上改编而成。剧本主要描写源氏灭平氏后,取得了政权的源赖朝,又要除掉对他立下过功劳的兄弟源义经。为躲避源赖朝追杀,源义经与家臣弁庆逃至安宅关隘,遭源赖朝守将富樫怀疑。乔装僧侣的弁庆,拿出伪造的化缘簿高声朗读,解除了守将的怀疑,主仆以谋取胜,机智逃脱。

一个年近二十的乡下艺伎，三弦的造诣本来不过尔尔，只在酒宴上弹弹罢了，现在听来，竟不亚于在舞台上的演出，岛村心里想，这无非是自己山居生活的感伤罢了。这时，驹子故意照本宣科，说这儿太慢，太麻烦，便跳过一段。可是渐渐地，她简直着了魔似的，声音愈来愈高亢，那弹拨的弦音，不知要激越到什么程度，岛村不禁替她捏了把汗，故意做张做致地枕着胳膊一骨碌躺下了。

直到《劝进帐》一曲终了，岛村才松了口气。心想，唉，这个女人竟迷恋上我了，也真是可怜。

"这种天气，连琴声都跟平日不同。"驹子早晨仰望雪后的晴天，曾经这么说过。其实是空气不同。这里没有剧场的环堵，没有听众的嘈杂，更没有都会的尘嚣。琴声清冷，穿过洁无纤尘的冬日清晨。一直响彻在白雪覆盖的远山之间。

她虽然不自觉，但平时的习惯，一向以山峡这样的大自然为对象，孤独地练琴，自然而然练就一手铿锵有力的拨弦。她那份孤独，竟遏抑住内心的哀愁，孕育出一股野性的力。虽说有几分根基，然而，仅凭曲谱来练习复杂的曲子，并能不看谱子弹拨自如，非有顽强的意志，经年累月的努力不可。

驹子的这种生活作为，岛村认为是一种虚无的徒劳，同时也哀怜她作这种可望不可即的憧憬。但对驹子自己来说，那正是生存价值的所在，并且凛然洋溢在她的琴声里。

岛村的耳朵分辨不出她纤纤素手弹拨之灵巧，但能咂摸体会那音调中的感情色彩，所以倒正是驹子最相宜的知音。

弹到第三只曲子《都鸟》①时，也许是曲调本身柔婉缠绵，岛村的战栗之感随之消失，只觉得一片温馨平和。他凝视着驹子的面庞，深感一种体肤之间相亲相近的况味。

细巧挺直的鼻子虽然稍嫌单薄，面颊却鲜艳红嫩，仿佛在悄声低语：我在这儿呢。美丽而柔滑的朱唇，闭拢时润泽有光，而随着歌唱张开来时，又好像立即会合在一起，显得依依可人，跟她人一样妩媚。两道弯弯的眉毛下，眼梢不上不下，眼睛仿佛特意描成一直线，水灵灵亮晶晶的，带些稚气。不施脂粉的肌肤，经过都会生涯的陶冶，又加山川秀气之所钟，真好像剥去外皮的百合的球根或洋葱一样鲜美细嫩，甚至连脖子都是白里透红，看着十分净丽。

她端端正正坐在那里，俨然一副少女的风范，是平时所不见的。

最后，说是再弹一阕新近练的曲子《新曲浦岛》②，便看着谱子弹了起来。弹完，将拨子挟在弦下，姿势也随即松弛下来。

陡然间，她神态间流露出一种娟媚惑人的风情。

岛村不知说什么才好，驹子也不在乎他怎么评论，纯然一副快活的样子。

"别的艺伎弹三弦，光听声音，你能分辨出是谁弹的吗？"

"当然分得清啦，统共也不到二十个人。尤其弹情歌小调，最能显出各人的特性来。"

说着又捡起三弦，挪了挪弯着的那只右腿，把琴筒搁在腿肚上，跪坐在左腿上，身子倾向右侧。

---

① 《都鸟》，叙男女之情，咏隅田川春夏风物的长歌。
② 《新曲浦岛》，以浦岛的传说为题材的长歌。

"小时候是这么学的。"眼睛乜斜着琴柄说,"黑——发——的……"一边学孩子的口吻唱着,一边嘣嘣地拨着弦。

"你的启蒙曲子是《黑发》①吗?"

"嗯——"驹子像孩子似的摇着脑袋。

从那以后,驹子留下来过夜,不再赶着天亮前回去了。

旅馆里有个三岁的小女孩,常在走廊里,老远就喊她"驹姑娘——"把尾音挑得老高。有时驹子把她抱到被炉里,一心一意地逗她玩,将近中午的时候再领她去洗澡。

洗完澡,一边给她梳头,一边说:

"这孩子一看见艺伎,便挑高了尾音喊'驹姑娘'。照片和画片上,凡是有梳日本发髻的,她都叫'驹姑娘'。我喜欢小孩子,所以她跟我熟。小君,到驹姑娘家玩去,好吗?"说着站了起来,却又在廊子上的一把藤椅上悠闲自在地坐下来。

"东京人好性急。已经滑开雪了。"

这个房间居高临下,方向朝南,望得见侧面山脚下的那片滑雪场。

岛村坐在被炉里,回头望去,山坡上的积雪斑驳不匀。五六个穿黑色滑雪装的人,一直在山下的田里滑来滑去。层层梯田,田埂还露出在雪地上,坡度也不大,看来也没多大意思。

"好像是些学生。今儿是星期天吗?那样滑有什么好玩的?"

"不过,姿势倒挺好。"驹子一人自言自语。"他们说,在滑雪场上,要是艺伎跟人打招呼,客人就会惊叫起来'噢,是你呀!'因为滑雪把脸都晒黑了,认不出来。可晚上总是搽上胭脂抹上

---

① 《黑发》,长歌曲名。讲述了伊东祐亲的女儿辰姬忍痛割爱,将源赖朝让给了北条政子,削发之时,看到那一双走上二楼的身影,因妒生狂的故事。

粉的。"

"也是穿滑雪装吗?"

"穿雪裤。啊,真讨厌,烦死了。又快到这个季节了,每到这个时候,饭局一完,就说什么明儿个滑雪场上见,今年真不想滑了。回见了。来,小君,咱们走吧。今儿晚上要下雪。下雪前,晚上特别冷。"

驹子走后,岛村坐在方才她坐过的那把藤椅上,看见驹子牵着小君的手,在滑雪场尽头的山坡上,正往家走。

天上云起,层峦叠嶂中,有的遮着云影,有的浴着阳光。光与影,时刻变幻不定,景物凄清。不大会儿,滑雪场上也一片凝阴。俯视窗下,篱笆上像胶冻似的结着一条条霜柱,上面的菊花已经枯萎。檐头落水管里,化雪的滴沥声响个不停。

那天夜里没有下雪,飘洒了一阵雪珠之后,竟下起雨来了。

回家的前夜,月华如练,入夜深宵,寒气凛冽。那晚岛村又把驹子叫来,将近十一点时,她说要出去散步,怎么劝也不肯听。硬是把岛村拖出被炉,勉强他陪她出去。

路上结了冰。村子沉睡在严寒之中。驹子撩起下摆,掖在腰带里。月光晶莹澄澈,宛如嵌在蓝冰里的一把利刃。

"咱们走到车站去。"驹子说。

"你疯啦?来回快八里路呢。"

"你不是要回东京吗?我想去看看车站。"

岛村从肩膀到两腿都冻麻了。

回到房间,驹子突然变得无精打采,两手深深插进被炉里,垂头丧气,一反往常,连澡也不去洗了。

被炉上蒙的被子原样不动,盖被就铺在下面,褥子靠脚的一头挨着地炉边儿，只铺了一个被窝。驹子从一旁向被炉里取暖，低着头，一动也不动。

"怎么了？"

"想回去。"

"胡说。"

"别管我，你去睡吧。我只想这么待会儿。"

"干吗要回去？"

"不回去，我在这儿待到天亮。"

"好没意思。不要闹别扭嘛。"

"没闹别扭。谁闹别扭了。"

"那你——"

"嗯，身上怪难受的。"

"我当是什么呢，这点事，有什么关系。"岛村笑了起来，"我不会把你怎么样的。"

"讨厌。"

"再说，你也胡来。还出去那么乱跑一通。"

"我要回去了。"

"何苦呢。"

"真难过。唉，你还是回东京吧。难过得很。"驹子把脸悄悄伏在被炉上。

她说难过，难道是怕对一个旅客过分的痴情而感到惴惴不安？抑或是面对此情此景，强忍一腔怨绪而无法排遣？她对自己的感情，竟到了这种地步吗？岛村默然半晌。

"你回去吧。"

"原想明天就回去的。"

"咦，为什么回去？"驹子如梦方醒似的抬起头来。

"不论待多久，你的事，我不终究是无能为力吗？"

她茫然望着岛村，突然激动地说：

"这可不好，你这人，就是这点不好。"说着霍地一下站起来，一把搂住岛村的脖子，狂乱不堪。

"你这人，怎么能说这种话。起来，你倒是起来呀。"嘴里这么说着，自己竟先倒了下去，狂乱之下连自己身子不舒服都忘了。

过了一会，她睁开温润的眸子。

"说真的，你明天就回去吧。"她平静地说着，拾起掉下来的头发。

岛村在第二天下午三点钟动身，正在换衣服时，旅馆账房把驹子悄悄叫到走廊。听见驹子回答说："好吧，就照十一个钟点结算吧。"也许账房认为十六七个钟点未免太长了。

一看账单才明白，早晨五点回去，就算到五点，第二天十二点回去，就算到十二点，全都照钟点计算。

驹子穿了外套，又围了一条白围巾，把岛村一直送到车站。

离开车还早，为了消磨时间，去买了些咸菜和蘑菇罐头等土特产，结果还有二十多分钟。于是，在地势稍高的站前广场上一面溜达，一面打量周围的景色，心想，这儿可真是雪山环抱，地带狭窄。驹子那头过于浓黑的美发，在这幽阴萧索的山峡里，反显得很凄凉。

远处，河流下游的山腰上，不知为什么，有一处照着一抹淡淡的阳光。

"我来了之后，雪化掉不少了。"

"可是，只要下上两天雪，马上能积到六尺深。如果连着下几天,电线杆上的路灯都能给埋进雪里。走路时,要是想着你什么的,脖子会碰到电线给剐破。"

"真能积得那么厚吗?"

"就在前面镇上这所中学里,听说下大雪的早晨,有的学生从二楼宿舍的窗口赤膊跳进雪里,身子一直沉到雪下面,看不见影。就像游泳似的,在雪里划着走。你瞧,那边就有一辆扫雪车。"

"我倒很想来赏赏雪,不过,正月里恐怕旅馆挺挤的吧。火车会不会给雪崩埋住呢?"

"你这人好阔气。一向都这么过日子的吗?"驹子望着岛村又说,"你怎么不留胡子?"

"哦,正打算留呢。"说着,用手摸着刚刮得青乎乎的下巴。嘴角旁一条蛮漂亮的皱纹,给他线条柔软的面颊,平添一些刚毅之气。心想,或许驹子喜欢的就是这个。

"你呐,每次洗掉脂粉,就像刚刮过脸一样。"

"乌鸦叫得真难听。这是在哪儿叫呢?好冷呀。"驹子仰头望着天空,胳膊抱着前胸。

"到候车室里烤烤火吧?"

这时,叶子穿着雪裤,从那边小巷里拐出来,慌慌张张朝停车场的这条大路跑来。

"哎呀,阿驹!行男他……阿驹!"叶子上气不接下气,好像小孩子受惊之后缠住母亲似的,抓住驹子的肩头说,"快回去,他样子不大对,赶快!"

驹子闭起眼睛,像是忍着肩膀上的疼痛,脸色刷白。想不到,她竟断然地摇了摇头说:

"我在送客,不能回去。"

岛村吃了一惊。

"送什么呢,不必了。"

"那不成。我哪知道你下次还来不来。"

"来的,还会来的。"

叶子好像压根儿没听见似的,只着急地说:

"方才打电话到旅馆,说你在车站,我就赶了来。行男他在叫你呢。"说着伸手去拉驹子。驹子先是忍着,突然挣脱她说:

"我不去。"

这一挣扎,驹子自己倒趔趄了两三步。接着打了一下呃,仿佛要吐,又没吐出什么来。眼圈湿了,脸上起了鸡皮疙瘩。

叶子愣在那里,呆呆地望着驹子。神情认真到极点,看不出是愤怒、惊愕,还是悲哀,毫无表情,简直像副面具。

她又这样转过脸来,一把抓起岛村的手说:

"对不起,请叫她回去吧,叫她回去吧。好吗?"叶子只顾用尖俏的嗓音央求着不撒手。

"好,我叫她回去。"岛村大声答应说。

"快回去呀,傻瓜!"

"要你多什么嘴!"驹子冲着岛村说,一面伸手把叶子从岛村身边推开。

岛村的指尖叫叶子使劲握得发麻,他指着站前的汽车说:

"我马上叫那辆车送她回去。你就先走一步吧,好吗?在这儿,这样子,人家都看着呢。"

叶子点头同意了。

"那么,请快些,快些呀!"说完,转身就跑,动作之快,简直令人不能置信。目送她渐渐远去的背影,岛村心里不禁掠过一个此刻所不应有的疑窦：为什么这姑娘的神情老是那么认真呢？

叶子那美得几近悲凉的声音，仿佛雪山上就会传来回声似的，依旧在岛村的耳边萦绕。

"你到哪儿去？"驹子见岛村要去找司机，一把拉住他说，"不行，我不回去！"

陡然间，岛村从生理上对驹子感到厌恶。

"你们三人之间，究竟是怎么回事，我不清楚。可是，那位少爷说不定马上就要死了。所以他想见你一面，才打发人来叫你的。你该乖乖地回去。否则，会后悔一辈子的。说话之间，万一他断了气怎么办？不要意气用事了，索性让一切都付之流水吧。"

"不，你误会了。"

"你给卖到东京的时候，不是只有他一个人给你送行吗？你最早的一本日记上，一开头写的不就是这件事吗？他临终的时候，你能忍心不回去？在他生命的最后一页上，你应当把自己写进去。"

"不，我不愿意看着一个人死掉。"

这话听来，既像冷酷无情，又像充满炽烈的爱。岛村简直迷惑不解了。

"日记已经记不下去了。我要烧掉它。"驹子嗫嚅着，不知怎的又绯红了脸，"你这人很厚道，对吗？你要是厚道人，把日记全给你都行。你不会笑话我吧？我觉得你为人很厚道。"

岛村无端地很受感动。忽然觉得，的确没有人能像自己这么厚道。于是，也就不再勉强驹子回去。驹子也没有再开口。

旅馆派驻车站的茶房出来，通知岛村检票了。

只有四五个当地人，穿着灰暗的冬装，默默地上车下车。

"我不进站台了,再见吧。"驹子站在候车室的窗内,玻璃窗关得紧紧的。从火车上望过去,就像穷乡僻壤的水果店里,一枚珍果给遗忘在熏黑的玻璃箱里似的。

火车一开动,候车室的窗玻璃看上去熠熠发亮,驹子的脸庞在亮光里忽地一闪,随即消逝了。那是她绯红的面颊,同那天早晨映在雪镜中的模样一样。而在岛村,这是同现实临别之际的色彩。

火车从北面爬上县境上的群山,穿进长长的隧道时,冬天午后惨淡的阳光,仿佛被吸入黑暗的地底。而后,这辆旧式火车好像把一层光明的外壳卸脱在隧道里一般,又从重山叠嶂之间,驶向暮色苍茫的峡谷。山这边还没有下雪。

沿着河流,不久驶出旷野。山顶仿佛雕琢而成,别饶风致。一条美丽的斜线,舒缓地从峰顶一直伸向远处的山脚。月光照着山头。旷野的尽头,唯见天空里淡淡的晚霞,将山的轮廓勾出一圈深蓝色。月色已不那么白,只是淡淡的,却也没有冬夜那种清寒的意态。空中没有鸟雀。山下的田野,横无际涯,向左右伸展开去。快到河岸那里,矗立一所白色的建筑物,大概是水力发电厂。这是寒冬肃杀,日暮黄昏中,窗外所见的最后景象了。

因为暖气的湿热,车窗开始蒙上一层水汽。窗外飞逝的原野愈来愈暗,车内的乘客映在窗上也半似透明。又是那垂暮景色的镜中游戏。这列客车,跟东海道线上的火车相比,简直像是来自另一个国度,大概只挂了三四节陈旧褪色的老式车厢。电灯也昏暗无光。

岛村恍如置身于非现实世界,没有时空的概念,陷入一种茫然若失的状态之中,徒然地被运载以去。单调的车轮声,听来像是女人的细语。

这声声细语,尽管断断续续,十分简短,却是她顽强求生的象征,岛村听着感到心酸难过,始终不能忘怀。如今渐渐离她远去,那些话语已成遥远的回响,只不过额外给他增添一缕乡愁旅思而已。

此刻行男也许已经断气了吧?驹子为什么抵死不肯回去呢?会不会因此没赶上最后再看他一眼?

乘客少得惊人。

只有一个五十多岁的汉子同一个面色红润的姑娘相对而坐,一直不停地聊天。姑娘血色红润得像火一样,滚圆的肩膀上围着黑色的围巾,探着身子,专心听那汉子说话,高兴地应对。两人好像是长途旅行的乘客。

可是。到了丝厂烟囱高耸的车站时,那汉子慌忙从行李架上取下柳条包,从窗口放到月台上,一面说:

"好吧,要是有缘,后会有期。"跟姑娘道过别便下车走了。

岛村忽然忍不住要落泪,连自己也莫名其妙。因此,也就格外加重他幽会归来后的离情别绪。

他做梦也没想到,那两人只是偶然同车的陌路人。男的大概是个跑行商之类的。

在东京临动身时,妻子嘱咐他,现在正是飞蛾产卵的季节,不要把西服往衣架或墙壁上一挂就不管了。到了这里之后,果然发现旅馆房檐下吊着的灯笼上,钉着六七只玉米色的大飞蛾。隔壁三张席的小房间里,衣架上也停着一只身小肚大的飞蛾。

窗上还安着夏天防虫的铁纱。铁纱上也有一只蛾子,一动不动,像粘在上面似的,一对桧皮色的触角,如同细羽毛一样,伸了出来。翅膀是透明的浅绿色，有女人手指那么长。窗外县境上连绵的群山，沐着夕阳，已经染上秋色，而这一点浅绿，反给人死一样的感觉。前翅和后翅重合的地方，绿得特别深。秋风一来，翅膀便如薄纸一般不住地掀动。

不知是不是活的，岛村站起来，隔着铁纱，拿手指去弹，飞蛾没有动。用拳头嘭地一敲，便像树叶似的飘然下坠，落到半途，竟又翩然飞走了。

仔细看去，窗外杉林前，有无数蜻蜓飞来飞去，好像蒲公英的白絮在漫天飞舞。

山脚下的河流，仿佛是从杉树梢上流出来的。

有点像胡枝子的白花，银光闪闪，盛开在半山腰上。岛村眺望了良久。

从旅馆的浴池出来时，大门口坐着一个摆摊售货的俄国女人。岛村心想，居然跑到这种乡下来了，便过去看了看。卖的尽是些常见的日本化妆品和发饰之类的东西。

大约已经四十出头了，满脸是细小的皱纹，看来风尘仆仆。滚粗的脖颈，露出来的部分倒还白白嫩嫩的。

"你从哪儿来的？"岛村问。

"从哪儿来的？我，从哪儿来的？"俄国女人不知怎样回答才好。一边收拾摊子，一边像在思索的样子。

裙子像块脏布似的裹在身上，已经没有西装的样子了，大概在日本待了很久，背起大包袱径自走了。不过，脚上倒还穿着皮靴。

旅馆老板娘同岛村一起，在门口瞧着俄国女人走后，邀他进了账房。炉边背朝外坐着一个高大丰腴的女人。这时，提着衣服下摆站了起来。穿的是一件印有家徽的黑礼服。

滑雪场贴的广告照片上,她跟驹子两人并肩而立,穿着陪酒穿的和服,套着雪裤,脚上踩着滑雪板。所以,岛村还记得她。她体态丰满,仪表大方,只是韶华将逝。

旅馆老板把火筷子架在地炉上,烤着椭圆形的大馒头。

"这馒头,您来一个怎么样?是人家送的,尝尝看。"

"方才那位已经洗手不干了?"

"可不是。"

"她蛮不错的嘛。"

"年限到了,是来辞行的。原先倒很走红。"

岛村吹着馒头上的热气,咬了一口,硬皮上有股陈馒头味,带点酸。

窗外,夕阳照在又红又熟的柿子上,光线一直射到悬在地炉上面吊钩的竹筒上。

"那么长,是狗尾草吧?"岛村惊奇地望着山坡。一个老太婆背着草,草竟有她人两个高。而且穗也很长。

"不,那是茅草。"

"茅草?是茅草吗?"

"那次铁路局在这里举办温泉展览会,盖了一间不知是休息室还是茶室,屋顶葺的就是这儿的茅草。后来听说,有位东京人,把那间茶室原封不动,整座买走了。"

"是茅草。"岛村自言自语又说了一句,"那么山上开的就是茅草花了。我还以为是胡枝子花呢。"

岛村刚下火车时,首先映入眼帘的,便是山上的这些白花。近山顶的那一段陡坡上,开了好大一片,闪着银色的光辉,宛如洒满山坡的秋阳，岛村的情绪大受感染，不由得为之一叹。当时还以为是胡枝子花呢。

然而，近看茅草萋萋，远望是令人感伤的山花，两种感受迥然不同。大捆大捆的茅草，把一个个背草的女人完全给遮住了，草碰在山路两旁的石崖上，一路上沙沙作响。草穗也硕大得很。

回到屋里，隔壁一间点着十烛光灯泡的房间，光线幽暗，进去一看，那只个小肚大的蛾子，已把卵产在黑漆衣架上，在那上面爬着。屋檐上的蛾子，吧嗒吧嗒直往灯上撞。

秋虫从白天开始便唧啾不已。

驹子过了一会儿才来。

站在走廊上，面对面地凝目望着岛村。

"你来做什么？到这种地方来做什么？"

"来看看你。"

"言不由衷。东京人最会撒谎，讨厌。"

驹子坐了下来，用温柔而低回的声调说：

"我可不愿再给你送行了。心里有说不出的滋味。"

"好吧，这次我就悄悄地走吧。"

"那不行。我的意思是不送你到车站了。"

"他后来怎么样了？"

"当然死了。"

"是你来送我的时候吗？"

"我说的是两回事。我万没想到送别会叫人那么难过。"

"唔。"

"二月十四那天，你干什么去了？净骗人。害我等得好苦。以后你说什么，我也不信了。"

二月十四日是驱鸟节①，是这一带雪国儿童一年一度的节日。先在十天之前，村里的孩子们便穿上草鞋，把雪踩硬实，然后切成二尺见方的雪砖，一块块垒起来，盖成一座雪堂。这雪堂有一丈六七尺见方，一丈多高。十四日夜里，孩子们把各家各户挂在门口驱邪用的草绳全部搜罗来，堆在雪堂门口，点起熊熊篝火。这一带雪国是二月初一过年的，所以，家家门上的避邪绳还未摘掉。之后，孩子们爬到雪堂顶上，挤来挤去，唱驱鸟歌。唱完便进到雪堂里，点灯守夜，直到天亮。十五日一清早，又爬上雪堂顶，再次唱驱鸟歌。

那时积雪最深，岛村曾同驹子相约，前来观看驱鸟节。

"我二月里回老家去了，连生意都歇了。以为你准来，十四日那天就赶了回来。早知道多服侍几天病人该多好。"

"谁病了？"

"师傅上港口去，得了肺炎。我那时正在老家，拍了电报来，我就赶去服侍。"

"好了吗？"

"没好。"

"那太糟糕了。"岛村又像是对自己爽约表示歉意，又像是对师傅之死表示悲悼。

"哦——"驹子忽然轻轻摇了摇头，拿手帕掸着桌子说，"这么多小虫。"

从矮桌上掸下一片小飞虫，落在席子上。有几只飞蛾绕着电

---

① 驱鸟节，旧历正月十四日夜至十五日晨，为各乡村寨的丰收祈祷节。村中的年轻人，挥舞竹刷，四处驱赶祸害庄稼的害鸟、害虫，期盼能有好收成。"驱鸟歌"亦为祈祷丰收所作之歌。

灯回旋飞舞。

纱窗外面停着好些种飞蛾,在清明澄澈的月光下,浮出星星点点的黑影。

"胃痛,胃痛得很。"驹子两手插进腰带,伏在岛村的膝盖上。

敞开的后衣领口,露出搽得雪白的粉颈,霎时落下不少比蚊子还小的飞虫。有的当即死去,不再动弹了。

头颈比去年粗了些,也更为丰腴。已经二十一岁了,岛村心想。

他觉得膝头有些热烘烘、潮乎乎的。

"账房他们贼忒嘻嘻地笑着说:'驹姑娘,快到茶花厅去看看吧。'真讨厌,我刚送大姐上火车回来,想舒舒服服睡一觉,说是旅馆里来了电话。我累得要命,真不打算来了。昨晚上喝多了,给大姐饯行来着。在账房那儿,他们光是笑不吭声,原来是你。有一年了吧?你一年来一次,是吗?"

"那馒头我也吃了。"

"是吗?"驹子直起身子,脸颊在岛村膝盖上压过的地方,红了一块,那模样突然显得有些稚气。

她说,给那位中年艺伎送行,一送送到下下一站才回来。

"真没意思。从前办什么事,都很齐心。可现在,越来越自私,都只顾自己。这儿现在也变得相当厉害。脾气合不来的人,也一天天多起来。菊勇姐这一走,我就孤单得很了。本来什么事都听她的,生意上也数她走红,从没少于六百支香①的,家里拿她当宝贝呢。"

---

① 艺伎陪酒以一支香为一单位。

听说菊勇年限满了,要回老家去,是结婚呢,还是继续在这一行里混呢?岛村这样问道。

"说起来大姐也怪可怜的。原先嫁人不成,才到这儿来的。"说到这里,驹子有些吞吞吐吐,犹豫了一阵,望着月光朗照下的梯田说,

"那边半山腰上,有座新盖的房子不是?"

"那家叫菊村的小饭馆吧?"

"嗯。大姐本来要到那家铺子去的,想不到她自作自受,竟吹掉了。事情闹得满城风雨。人家特意为她盖起的房子,临要搬进去的时候,竟把人给甩了。因为她另有相好的,打算跟那人结婚,结果反受了骗。人一着了迷,真会那样子吗?对方逃走了,她可没脸再跟原先那位破镜重圆,去要人家那个铺子。再说,丢人现眼的,也没法儿在这儿混下去了。只好到别处去重打鼓另开张。想想也怪可怜的。我们虽然不大清楚,反正有过不少人。"

"跟她相好的男人吧?能有五个吗?"

"也许吧。"驹子抿嘴一笑,扭过头去说,"大姐其实是个感情挺脆弱的人。一个可怜虫。"

"那也由不得人呀。"

"那可不见得。相好一阵,又能怎样?"她低着头,用簪子搔着头皮说,"今儿个去送行,心里难受极了。"

"那么,给她盖的那个饭馆呢?"

"那人的太太来掌管了。"

"他太太来开饭馆,倒有意思。"

"本来什么都齐全了,就等着开张了。要不,怎么办?他太太便带着孩子全搬了来。"

"那他家里呢？"

"听说只留一个婆婆在家。男的虽然是乡下人出身，却很好此道。人倒怪风趣的。"

"哦，是个浪荡子。年纪不小了吧？"

"还年轻呢。刚三十二三吧？"

"唔？那么说，姨太太反比自己太太年纪还大？"

"是同年，都是二十七。"

"'菊村'大概就是取菊勇的菊字吧？结果却由他太太来掌管。"

"招牌既然打了出去，想必也不便再改了。"

岛村把衣领往上掖了掖，驹子起来去关上窗，一面说：

"大姐她也知道你。今儿还告诉我，说你来了。"

"我在账房里碰见她来辞行的。"

"说了些什么？"

"没说什么。"

"你知不知道我的心情？"驹子把刚关上的窗子刷地又打开，一屁股坐在窗台上。隔了一会儿，岛村说：

"这里的星星跟东京的不一样。好像浮在天上似的。"

"因为有月亮的缘故，要不然也不这样。今年的雪好大哟。"

"听说火车时常不通，是吗？"

"嗯，简直吓人。汽车也比往年迟了一个月，到今年五月才通车。滑雪场上不是有个小卖店吗？雪崩把二楼屋顶给压塌了，楼下的人还不知道，听声音不对劲儿，以为是厨房里的老鼠在作怪。去厨房看了看，没什么事，上楼一看，到处是雪。挡雨板什么的，全给风雪卷走了。虽然只是山表皮上一层雪崩，广播里却大肆宣传,吓得大家都不敢来滑雪了。今年我也不打算滑了,去年年底把一副滑雪板都送了人。虽然如此,我依旧去滑了两三次。你看我变样没有?"

"师傅死后,你这一向怎么过的呢?"

"少替别人操心吧。二月里,我可是准时在这儿等你来着。"

"既然回到港口,来信告诉我一声不就得了?"

"我才不呢。那么可怜巴巴的,我不干。叫你太太看见也没要紧的信,写它干什么呢!多可怜!因为有所顾忌而言不由衷,何苦呢!"

驹子的口气很急,连珠炮似的数落了一顿。岛村点了点头。

"你别尽坐在虫子堆里,把灯关了就好了。"

月光朗澈,几乎连她耳朵的轮廓都凹凸分明。一直照进屋内,把席子照得冷森森、青悠悠的。

驹子双唇柔滑细腻,像水蛭的轮环一样美丽。

"不,让我回去。"

"还是那个样子。"岛村凑过去看。她头向后仰着,颧骨略高的小圆脸,带点儿滑稽相。

"别人都说,我还是十七岁刚到这儿时的模样,一点没变。本来吗,生活也一直是老样子。"

脸蛋儿红喷喷的,依然像北方少女那样。月光下,艺伎风情的肌肤,发出贝壳似的光泽。

"不过,这儿的家变了,你知道吗?"

"师傅死了,是吗?你已经不住在那间蚕房了吧?现在的屋子该是名副其实的住处喽?"

"名副其实的住处?可不是。是家杂货店,卖些点心和香烟。

店里就我一个人张罗。这回是受雇于人,所以,夜里太晚了,要看书就自己点蜡烛。"

岛村抱着胳膊笑了。

"因为装了电表,不好浪费人家的电。"

"哦,是这样。"

"可是这家人待我相当好。以至有时想,这叫给人做工呢。小孩子哭了,老板娘怕吵我,便把孩子背出去。我没有什么可不满意的。只是床铺铺得不大平整,挺别扭的。每次回去晚了,他们便把被窝给我铺好。不是褥子铺得歪歪扭扭的,就是单子皱皱巴巴的。看着心里怪难受的。可是,又不好意思重铺。人家也是一片好心,该领这个情才是。"

"你要是成了家,准是劳碌命。"

"谁说不是呢。生就的脾气。家里有四个孩子,简直乱成一团。整天跟在他们后面收拾个没完,明知收拾好了,又会给弄得乱七八糟的,可心里老惦着,丢不开手。只要环境许可,我总想把生活弄得干净舒服些。"

"这倒是。"

"你懂我的心思吗?"

"当然懂呀。"

"既然懂,那你说说看。说吧,你倒是说呀。"驹子突然声音急切,逼着他说。

"你瞧,说不上来了吧?净骗人。你生活那么阔绰,什么都满不在乎的。你哪儿会懂我的心思呢。"

接着又低声说:

"真叫人伤心。我是个傻瓜。你明儿就回去吧。"

"你这么个追问法,哪能一下子说明白呢。"

"有什么说不明白的?你就是这点不好。"说着,无可奈何地闭起眼睛不作声了。那神气,仿佛知道岛村会体谅自己似的。

"一年来一次就行,以后你还得来。至少我在这里的期间,你每年一定来一次,好吗?"

她说,她受雇的期限是四年。

"回老家去的时候,万没想到还要出来做这种营生,临走连滑雪板都送人了。要说成绩,倒是把烟戒掉了。"

"对了,你从前烟抽得很厉害。"

"可不。陪酒的时候,常把客人送的香烟偷偷拢进袖子里,回去一抖落,有时能有好几支呢。"

"不过,四年是够长的了。"

"转眼就会过去的。"

"你身上好暖和。"趁驹子挨了过来,岛村就势把她抱了起来。

"暖和也是天生的。"

"早晚已经冷了吧。"

"我来这里都五年了。刚来时,一想到要住在这种地方,心里就有些发慌。尤其没通火车之前,真是冷清极了。从你第一次来,到现在也有三年了。"

不到三年工夫,来了三次,每一次来,驹子的境遇都有一次变化,岛村心里这样寻思着。

忽然,几只纺织娘叫了起来。

"真讨厌。"驹子从他膝上站了起来。

吹了一阵北风,纱窗上的蛾子一齐飞了起来。

岛村已知道,看来像是微微睁开的黑眸子,其实是浓密的睫毛合着的缘故，可他仍凑上去看了看。

"烟戒了，人倒胖了。"

肚皮上的脂肪，确实是厚了些。

本来分开后难以捉摸的种种，两人一旦挨在一起，顿时又恢复往日的亲密。

驹子把手轻轻放在胸脯上。

"一边变大了。"

"傻瓜。是那人的怪癖吧？光摸一边。"

"哎哟，真讨厌！胡说八道的，你这人讨厌死了。"驹子忽地变了脸。岛村想起来，是这么回事。

"下次叫他两边匀着些。"

"匀着些？叫他匀着些？"驹子温柔地把脸凑了过来。

这间屋子在二楼上，听得见癞蛤蟆在旅馆四周叫。而且，不止一只，好像有两三只在爬，叫了好一阵。

从旅馆的浴池上来后，驹子用平静的语调又坦然说起自己的身世来。

刚到这里接受身体检查时，以为同雏妓一样，衣服只脱了上半身，被人取笑了一番，为此还哭了起来。她甚至连这些枝节都告诉了岛村。凡岛村问的，她全都回答。

"我那个非常准，每月都提前两天。"

"陪酒时没什么不方便吧？"

"嗯。怎么这些事你也懂？"

每天都到有名的热温泉里舒筋活血，去新老两家旅馆应酬陪酒，还要走上八里多路，以及很少熬夜的山居生活，使她长得体态丰满而结实，身腰却又像一般艺伎那么婀娜。正看纤瘦苗条，侧看则很厚实。她之所以能把岛村大老远地吸引过来，自有其惹人爱怜之处。

"像我这种人难道不能生孩子吗？"驹子一本正经地问。她的意思是，只与一个人交往，岂不如同夫妻一样。

驹子身边有那么一个人，岛村还是头一次听说。她说从十七岁那年起，已经有了五年关系。岛村一直觉得奇怪，驹子会那么无知而又不知戒备，现在才明白个中原由。

她说，还在当雏妓的时候，给她赎身的那个人去世了，后来，她刚回到港口，这个人就马上提出愿意照顾她。也许就是为了这个缘故，驹子说从开始到现在，一直讨厌那人，感情上始终不能融洽。

"既然相处了五年，那人也算是好的了。"

"我有过两次机会，可以跟他分手。一次是来这儿当艺伎，还有一次是从师傅家搬到现在这家来的时候。不过，我这人心太软，真的，心太软。"

驹子说，那人现在住在港口那边。因为把她留在镇上，有所不便，所以趁师傅回乡，便把她托付给师傅。他为人虽然厚道，驹子却一次都没许身给他，想想怪不忍心的。因为年纪相差挺大，他偶尔才到这里来一趟。

"怎么才能跟他一刀两断呢？我常常想，索性就放荡一下。我真这么想过。"

"放荡可不好。"

"要放荡，我也办不到。天性如此，做不出这种事。我对自己的身子是很爱惜的。只要自己舍得干，四年的期限，就可以缩短到二年，可我从不胡来。反正身体要紧。要是勉强自己去做，那能赚不少钱哩。因为我们是算年限的，只要老板不吃亏就行。借的本金每月合多少，利息多少，税金多少，再加上自己的伙食钱，这些钱一算就清楚了。这之外用不着勉强自己多做。有的饭局太麻烦，要是不愿意，干脆就回掉，赶紧回家，除非是熟客指名点我，要不然，旅馆里也不会夜里大老晚地打电话来。不过，说到奢侈，那是没个止境的，我反正随便挣一点，能够对付过去就行了。我借的本钱，已经还掉一大半了。还不到一年的工夫。话又说回来，每个月的零用，加上别的花销，怎么也得三十块钱。"

她说，一个月只要能赚上一百元就够了。上个月，做得最少的人，也有三百支香，合六十块钱。而驹子出去陪酒，有九十几次，是赚得最多的。每一次饭局，自己可拿一支香，老板虽然吃些亏，但水涨船高，赚得还是不少。至于债台高筑，延长年限的人，这个温泉村里倒一个也没有。

第二天清晨，驹子依旧起得很早。

"我做了一个梦，梦见和插花师傅打扫这间屋子，于是就醒了。"

搬到窗口的梳妆台，镜子上映着漫山红叶的冈峦。镜中的秋阳，明光闪亮。

糖果店的女孩把驹子的替换衣服送了来。

隔着纸拉门喊"驹姐"的，已不是那个声音清澈得近乎悲凉的叶子。

"那姑娘后来怎么样了？"

驹子睒了岛村一眼。

"天天上坟去。你瞧，滑雪场下面，有块荞麦田吧？开白花的那片地。靠左边有座坟墓，看见没有？"

驹子回去之后,岛村也到村里散步去了。

有个小女孩穿着簇新的红法兰绒雪裤,正在房檐下白粉墙旁拍皮球,完全是一派秋天的景象。

房屋大多古色古香,令人以为是封建诸侯驻跸的遗迹。房檐很深。楼上的纸窗只有一尺来高,而且很窄。檐头上挂着茅草帘子。

土坡上种了一道芒草当篱笆,正盛开着浅黄色的小花。株株细叶,披散开来,美如喷泉。

路旁向阳的地方,在席子上打豆子的,恰是叶子。

一粒粒红小豆亮晶晶的,从干荚里迸出来。

叶子穿着雪裤,头上包着头巾,也许是没看见岛村,叉开腿,一边打小豆,一边用她那清澈得几近悲凉、好似要发出回声一样的声音唱着歌:

　　蝴蝶,蜻蜓,蟋蟀哟,
　　正在那个山上叫,
　　金琵琶,金钟儿[①],
　　还有那个纺织娘。

有一首歌谣唱道:飞飞飞,一飞飞出杉树林,晚风里,乌鸦的个儿真叫大。从窗口俯视下面的杉树林,今天仍有成群的蜻蜓在盘旋。临近傍晚时分,好像飞得更为迅疾似的。

岛村动身之前,在火车站的小卖店里,买了一本新出版的关

[①] 金钟儿,即日本钟蟋,鸣声较奇特,犹如铃声。

于这一带的登山指南。他一口气看下去，上面写着：从旅馆这间屋子眺望县境上的群山，其中一座山峰的附近，有一条小径穿过美丽的池沼。沼地上的各种高山植物，百花盛开；到了夏天，红蜻蜓悠闲自在地飞舞，会停在你的帽子上，手上，甚至眼镜框上，比起城里受人追捕的蜻蜓，真有天壤之别。

可是，眼前这群蜻蜓，好像被什么东西追逐似的。仿佛急于趁日落黄昏之前飞走，免得被杉林的幽暗吞没掉。

远山沐浴着夕阳，从峰顶往下，红叶红得越发鲜明。

"人真是脆弱啊。听说从头到脚都摔得粉碎了。要是熊什么的，从再高的岩石上摔下来，身上也不会伤着哪儿。"岛村想起驹子早晨说的这些话。当时她一面指着那座山，一面说那儿又有人遇难的事。

倘若能像熊那样，有一身又硬又厚的皮毛，人的官能准是另一番样子了。可是人却喜爱彼此柔滑细嫩的肌肤。岛村远眺夕阳下的山峦，想着想着竟自伤感起来，对人的肌肤油然生起一缕缱绻之情。

"蝴蝶，蜻蜓，蟋蟀哟……"一个艺伎在提前开的晚饭桌上，弹着蹩脚的三弦，唱着这首歌谣。

登山指南上只简单地载明路线、日程、住宿和费用等项，所以，这反倒使岛村可以海阔天空去遐想。他最初认识驹子，是在残雪中新绿已萌的山谷中漫游之后，来到这座温泉村的时候。如今又是秋天登山时节，望着自己屐痕处处的山岭，对群山不禁又心向往之。终日无所事事的他，在疏散无为中，偏要千辛万苦去登山，岂不是纯属徒劳吗？可是，也惟其如此，其中才有一种超乎现实的魅力。

离别之后，会时时思念驹子，可是一旦到了她身旁，也不知是因为心里泰然呢，还是对她的肉体过于亲近的缘故，觉得对人的肌肤的渴念和对山的向往，恍如同为梦幻。也许是昨晚驹子刚在这里过夜的缘故？寂静中，独自枯坐，只好心里盼着驹子能不招自来。一群徒步旅行的女学生，年轻活泼，嬉闹之声不绝于耳，听着听着竟睡意蒙眬起来，岛村便早早睡下了。

不大会工夫，好像下了一阵秋雨。

第二天早晨醒来，驹子已端端正正坐在桌前看书，穿了一套绸料的家常衣服。

"醒了吗？"她轻轻地问，转过脸来看着岛村。

"怎么回事？"

"你醒了吗？"

岛村疑心她是在自己睡着后来过的夜，便看了看铺盖。一面拿起枕边的表，才六点半。

"这么早。"

"可是，女佣早就来添过火了。"

铁壶冒着热气，全然是清晨的景象。

"起来吧。"驹子站起来，坐到岛村的枕边。那举止俨然是居家女子的模样。岛村伸了个懒腰，顺手握住驹子放在膝上的手，摸着她小指上弹三弦起的老茧。

"还困着呢。天不是刚亮吗？"

"一个人睡得好吗？"

"嗯。"

"你到底还是没留胡子。"

"对了，上次临走时，你提过这话，要我把胡子留起来。"

"忘了就算了。你倒总是把胡子刮得干干净净青乎乎的。"

"你不也是吗，一洗掉脂粉，就像刚刮过脸一样。"

"脸上好像胖了一点。白白净净的，没有胡子。睡着的时候，看上去挺别扭的。圆乎乎的。"

"圆活一些还不好。"

"才靠不住呢。"

"真讨厌，你一直盯着我看吗？"

"正是。"驹子微笑着点了点头，忽然扑哧一声笑了出来，笑得连她的小手指在岛村手里也抽紧了起来。

"方才我躲进壁橱里，女佣一点没发现。"

"什么时候？什么时候躲进去的？"

"就是方才呀！女佣来添火的时候。"

驹子想起来竟又笑个没完。但突然脸红起来，一直红到耳根，好像为了掩饰一下，掀起被角扇着，一面说：

"起来吧，你起来呀！"

"好冷。"岛村抱紧了被子。

"旅馆里的人都起来了吗？"

"不知道。我是从后面上来的。"

"从后面？"

"从杉树林那边爬上来的。"

"那里有路吗？"

"没有路，但很近。"

岛村吃惊地望着驹子。

"谁都不知道我来。厨房里虽有动静，大门却还关着。"

"你又这么早起来。"

"昨晚没睡着。"

"下了一阵雨，你知道吗？"

"是吗？难怪那边的山白竹湿淋淋的，我说呢。我该回去了，你再睡一会儿，你睡吧。"

"我也要起来了。"岛村拉着她的手，一使劲出了被窝。到窗口向下望了望她爬上来的地方。那一带灌木丛生，山竹茂盛。和杉树林相接的小山腰上，恰好在旅馆的窗下，是一片田地，种着萝卜、番薯、大葱和芋芳一类家常蔬菜，在朝阳的辉映下，菜叶的颜色各色各样，他好像是头一次看到似的。

去浴室的走廊上，茶房正在喂泉水池里的红鲤。

"大概是天冷的缘故，不好好吃食呢。"茶房对岛村说。于是看了一回浮在水面上的鱼饵，那是把蚕蛹晒干捣碎做成的。

驹子一身干净相，坐在那里，对洗澡回来的岛村说：

"这么清静的地方，做做针线才好呢。"

房间刚打扫过，秋日的晨曦一直照到半新不旧的席子上。

"你还会做针线？"

"你太瞧不起人了。姐妹当中，数我顶辛苦了。回想起来，我刚长大的时候，好像正是家里最困难的时候。"她似乎在自言自语，忽又放开声音说，

"方才女佣挺奇怪的样子，问我：'驹姑娘，什么时候来的？'我又不能两次三番地往壁橱里躲，真难为情。我该回去了。忙着呢。既然没睡好，想洗洗头发。早晨要不早点洗，等到头发干了，再到梳头师傅那儿去梳头，就怕赶不上中午的饭局了。这里也有宴会，昨天晚上才通知我的。可是我已经答应了别处，这里来不了了。今儿个是星期六，忙得很。不能来玩了。"

嘴上虽然这么说，驹子却没有站起来的意思。

临了，她又不打算洗头了，便邀岛村到后院去。方才大概是从这里悄悄上来的，廊子下面放着驹子一双湿木屐和布袜子。

方才她爬上来时穿过的那片山白竹，看样子过不去。便顺着田边，往有水声的地方下去，河岸是道悬崖峭壁，栗子树上传来孩子的声音。脚下的草丛里，落下好几个毛栗子。驹子用木屐踩破，剥开外壳，里面的栗子还很小。

对岸的陡坡上，一片茅草正在抽穗，迎风款摆，闪着耀眼的银光。虽说是片耀眼的银色，却恰如飘忽在秋空里透明的幻境一般。

"到那边去看看吧，能看到你未婚夫的坟呢。"

驹子倏地挺直身子，面对面地瞪了岛村一眼，冷不防把一把栗子扔到他的脸上说：

"你拿我寻开心是吗？"

岛村躲避不及，噼里啪啦打在额上，痛得很。

"这跟你有什么关系，要你去看他的坟？"

"何必这么当真呢。"

"对我来说，那是正正经经的事，才不像你，闲得没事干。"

"谁闲得没事干了？"他软弱无力地嘟哝了一句。

"那你提什么未婚夫？上次不是告诉过你，他不是我的未婚夫吗？难道你忘了？"

岛村并没有忘记。

"师傅未尝没这么想过：我和少爷若能成婚，倒也不错。尽管她心里那么想，嘴上可从来没提过。不过，师傅的心思，少爷也好，我也好，都隐隐约约猜到一些。可是，我们俩本人也并不怎么的。我们不是在一起长大的。我被卖到东京的时候，是他一个人送我上的车。"

他记得驹子这么说过。

那人病危的时候，她是在岛村这里过的夜。

"我爱怎么地就怎么地，人都快死了，哪儿还管得了这些。"她甚至无所顾忌地说过这种话。

何况就在驹子送岛村去车站时，叶子来接她，说病人情况不妙，但她死活不肯回去，结果似乎临终也未能见上一面。这就使岛村心里更加忘不了那个叫行男的人。

驹子一向避免提起行男。虽说不是未婚夫，可正是为了挣钱给他治病，才沦落风尘，当了艺伎的。所以在她，自是"正正经经的事"，却是错不了的。

见岛村挨了栗子竟没生气，驹子一下子怔住了，顿时软了下来，攀住岛村说：

"噢，你真是个老实人。有点不高兴了吧？"

"孩子在树上看着呢。"

"我真弄不懂，东京人太复杂了。是不是周围乱糟糟的，便对什么都不以为意了呢？"

"对什么都不以为意了。"

"将来怕是连命也不在乎了。去看看坟吧。"

"好吧。"

"你瞧你。哪儿有什么诚心想去看坟呢。"

"是你自己不情愿嘛。"

"我从来没去过，所以，不免感到别扭。真的，一次也没去过。现在师傅也葬在一起，我觉得挺对不起师傅的，可是事到如今，反而更不便去了。倒显得假模假样的。"

"你这人才叫复杂呢。"

"为什么？他活着的时候，你没把态度说清楚，至少死后该有个明白交代啊。"

杉林里宁静得仿佛滴得下冷水珠来。走出林外，顺着滑雪场下面的铁路过去便是墓地。在田畦稍高的一角，竖着十来块墓碑和一尊地藏王。光秃秃的挺寒酸，连花也没有。

可是，从地藏王后面的矮树丛里，忽然露出叶子的上半身。刹那间，她的表情竟那么一本正经，像戴着面具似的，眼光灼灼的，尖利地朝这边扫过来。岛村向她点头略施一礼，随即站住了。

"阿叶，好早哇。我上梳头师傅那儿……"驹子刚说到这里，猛地刮来一阵黑风，几乎要把人刮跑似的，她和岛村不由得缩了起来。

一列货车从身旁隆隆驶过。

"姐姐！"在震耳欲聋的声浪中传来一声呼喊。一个少年从黑色的货车门边，挥动着帽子。

"佐一郎——，佐一郎——"叶子喊着。

依然是在雪地信号所前，呼唤站长的那个声音。简直美得几近悲凉，仿佛是在呼唤已经渐渐远去、听不见声音的船上人。

货车过后，如同揭下了遮眼布，铁路那一边的荞麦花，灿然入目。红红的荞麦秆，花开得崭齐，显得十分幽丽。

两人无意中遇见叶子，竟没去注意开来的火车，而货车一过，方才尴尬的场面，也给一带而去，烟消云散了。

而后，车轮的声响消散了，叶子的声音似乎依旧在回荡，像是纯洁的爱情发出的回声。

叶子目送着火车,说:

"弟弟在车上,要不要去车站看看呢?"

"火车是不会在站上尽等着你呀。"驹子笑了。

"倒也是。"

"我可不是来给行男上坟的。"

叶子点了点头,犹疑了一阵,在墓前蹲下来,双手合十。

驹子仍然站着不动。

岛村转眼去看地藏王。石像三面都雕着狭长的脸,除了胸前一双手合十之外,左右还各有两只手。

"我该梳头去啦。"驹子对叶子说了这么一句,便顺着田埂朝村子走去。

在树干之间,一层一层绑上几根竹竿或木棍,像晾衣杆似的,挂上要晒干的稻子,当地叫"禾台",看上去就像一道高高的稻草屏风。——岛村他们经过的路旁,就有农民在搭这种"禾台"。

穿雪裤的姑娘,腰身一扭,便把一捆稻子扔了上去,高高地站在上面的男人,灵巧地接过去,捋齐分好,然后挂在竹竿上。动作熟练而自然,得心应手地重复着。

驹子像估量什么珍贵物品似的,把挂在"禾台"上的稻穗,托在手心上掂了掂,说:

"这稻子多好,这么摸摸就叫人喜欢。跟去年可大不一样。"她眯起眼睛,似乎在玩味由稻子引起的那份惬意。一群麻雀在"禾台"上空低低地穿行飞掠。

路旁的墙头上还留着一张旧招贴,上面写着:"插秧工钱经公议,定为:每日大洋九角,供给伙食,女工六折。"

叶子家也有"禾台",搭在略低于街道的菜地后面。但院子的左面，沿着邻居家的白墙脚，在成排栽的柿子树上，就搭着一个老高的"禾台"；而菜地和院子交界处，恰好与柿子树之间的"禾台"形成直角的地方，也搭了一个"禾台"。稻子下面留出一个进出口，看着就像用稻子搭的草棚似的。地里的大丽花和蔷薇已经凋零，旁边的青芋叶子却很繁茂。隔着"禾台"，已看不见养着红鲤的莲池。

驹子去年住的那间蚕房，窗子也被遮住了。

叶子好像生气似的，一低头便从稻穗中的缺口走了进去。

"她一个人住在这里吗？"岛村望着叶子微微前倾的背影说。

"不见得，"驹子粗声粗气地回答说，"唉，烦死了。不去梳头了。全怪你多事，搅得她上不成坟。"

"是你自己意气用事，不愿在坟上遇见她。"

"你哪儿懂我的心思。等会儿有空再去洗头。也许会迟一些，反正一定上你那儿去。"

果然在半夜三点钟的时候。

拉门像要给推倒似的，响声把岛村给惊醒了，驹子一下子扑倒在他胸上。

"我说来，就来了不是？你看，我说来，就来了不是？"她大口喘着气，连肚子也跟着一起一伏的。

"你醉得太厉害了。"

"你看，我说来，就来了不是？"

"是啊，你是来了。"

"上这儿来的路，简直看不见，看不见。哦，好难受。"

"亏你还能爬上这个陡坡。"

"管它呢，才不管它呢。"驹子一骨碌往后一仰，压得岛村透不过气来。因突然给她吵醒，人还迷迷糊糊的，刚坐起来，便又躺了下去，脑袋碰到一个滚烫的东西上，便一惊。

"怎么，跟团火似的，傻瓜。"

"是吗？火枕头，会烫伤的哩。"

"真的。"岛村闭上眼睛，那股热气沁入他的脑门，使他感到自己确是活着。驹子呼哧呼哧的，气息那么粗，使他越来越意识到，眼前这一现实。那似乎是种悔恨，但又令人恋恋不舍。此刻他心里很平静，好像在等着什么报复似的。

"我说来，就来了不是？"驹子反复念叨这句话。

"既然来过了，就该回去了。洗头去。"

于是爬了起来，咕嘟咕嘟喝水。

"你这个样子，哪能回去呢？"

"我得回去。我有伴儿。洗澡的用具上哪儿去啦？"

岛村站起来去开灯，驹子两手捂着脸，伏在席子上。

"不要嘛。"

驹子身上穿了一件镶黑领的毛料圆袖夹睡衣，花色很鲜艳，腰上系了一条窄腰带，看不见内衣的领襟。一双赤脚，也都泛出了酒意。她蜷缩着身子，仿佛要把自己藏起来似的，显得怪可爱的。

洗澡用具像是扔进来的，肥皂和梳子之类散在各处。

"帮我剪掉，我带剪刀来了。"

"剪什么？"

"这个呀。"驹子把手按在头发后面说，"本来要在家里剪掉头绳的，手不听使唤。顺便到这里，请你帮着剪一剪。"

岛村把她头发一绺绺分开，剪掉头绳。每剪一处，驹子便摇摇头,把头发抖落下来,人也安静一点。

"这会儿几点了?"

"已经三点了。"

"哟,这么晚了?可别把头发也剪掉呀。"

"系了这么许多。"

岛村手里捏了一绺假发,靠近头皮的地方还有些温热。

"已经三点了吗?大概陪酒回来之后,就那么躺倒睡着了。事先跟女伴约好的,所以才来叫我。她们这会儿准在想,也不知我到哪儿去了。"

"在等你吗?"

"在公共澡堂里洗呢,一共三个人。本来有六处饭局要应酬,结果只转了四处。下星期赏红叶,又得忙了,好,谢谢。"驹子梳着披散的头发,仰起脸,粲然一笑。

"管它呢,嘻嘻,多好玩。"

接着,无可奈何地捡起假发说:

"不好让人家久等,我该走啦。回来时,我就不过来了。"

"看得见路吗?"

"看得见。"

可是,她毕竟踩着衣服下摆,踉跄了一下。

早晨七点和半夜三点,在这种异乎寻常的时间里,竟一天两次偷空来看他,岛村觉得很不一般。

旅馆的茶房像过年挂松枝那样,把大门口拿红叶装饰起来,以示欢迎前来赏枫的客人。

在那里指手画脚、颐指气使的,竟是那个临时雇来、自嘲为"候鸟"的茶房。有些人从新绿的初春到漫山红叶的深秋,来这里的山间温泉做生活,冬天则到热海、长冈那一带的伊豆温泉去谋生,他就是这么一种人。每年并不限于在同一家旅馆干活。一方面卖弄他在繁华的伊豆温泉场的那套经验,同时又专说这一带旅馆待客的坏话。虽然搓手哈腰善于死皮赖脸地拉客,但显得假惺惺的,一副讨好的样子。

"先生,您晓得通草籽吗?您要尝尝,我来给你摘。"他冲着散步回来的岛村说,一面把带着通草籽的蔓藤系在枫树枝上。

枫树枝大概是从山上砍来的,有屋檐那么高。鲜红的色调,使得大门焕然生辉,每片枫叶都大得出奇。

岛村攥了攥冰凉的通草籽,偶然朝账房那边望了一眼,见叶子正坐在地炉边上。

老板娘守着铜壶在温酒。叶子面对着她,老板娘说句什么,叶子便爽快地点一点头。没穿雪裤,也没套和服外褂,只穿了一件像似刚浆洗过的绸子和服。

"是来帮忙的吗?"岛村若无其事地问茶房。

"是呀,幸好她来,人手不够哩。"

"和你一样吧?"

"哎。不过,乡下姑娘古怪得很。"

叶子好像在厨房里帮忙,从来没上客厅来过。客人一多,厨房里女佣的声音便乱糟糟地响成一片,却听不见叶子的声音。到岛村房里侍候的女佣说,叶子有个习惯,睡觉前洗澡的时候,好在澡堂里唱歌。不过,岛村没听见她唱过。

然而,一想到叶子也在这里,不知怎的,岛村觉得再叫驹子,就不免有所顾忌。驹子虽然对他表示爱恋,岛村自己却感到空虚,认为那只不过是一场美丽的春梦而已。也正因为如此,他好像摸到光滑的肌肤一般，反而感受到驹子身上那股求生的活力。他既哀怜驹子，也哀怜自己。他觉得叶子仿佛有一双慧眼，无意之间能洞察这一切似的。岛村同时又为她所吸引。

岛村即便不叫，驹子也常常会不期而至。

有一次，岛村去溪谷深处看红叶，经过驹子家门前。她听见车声，断定准是岛村，便跑了出来。而他竟头都没有回，事后她曾责备岛村，是个薄情郎。驹子只要应召来旅馆，是不会不去岛村房间的。去洗澡时，也会顺便来一趟。要是有饭局，便提早一个钟点，在岛村这里一直玩到女佣来催她才离开。陪酒时，也时常偷偷溜出来，在他那里对镜匀脸。

"做活去了，要赚钱嘛。走啦，赚钱，赚钱！"说着站起来走了。

装琴拨的口袋呀，和服的外套呀，以及她带来的不论什么东西，总爱留在岛村房里，然后才回去。

"昨晚回去没有开水，就在厨房里凑合着把早晨吃剩的酱汤浇在饭上，就着咸梅子吃的。凉极了。今天早晨也没人叫我。醒来一看，已经十点半了。本来想七点钟起来，结果也没起成。"

她把这类琐事，以及从这家旅馆到那家旅馆，酒宴上的情形，都一一说给岛村听。

"等会儿再来。"喝完水站起来后，却又说，"或许不来了。三十位客人，我们才三个，忙得脱不开身呀。"

可是，过一会儿又来了。

"真受不了。对方有三十个人，我们才三个人。而且，老的老，小的小，就苦了我。客人又小气得很。准是什么旅行团的。三十个人，至少也该叫六个人才行。回头喝它一通，把他们吓一吓再来。"

每天都是这种情景，这样下去怎么了局。驹子似乎也在极力掩饰自己的身心，可是，她那说不出的孤独感，反倒给她平添无限的风情，愈发的娇艳。

"走廊走起来要出声音，真难为情。哪怕脚步放得再轻也听得见。走过厨房时，他们常拿我打趣，说：'驹姑娘，是去茶花厅吧？'我万万没想到会变得这么顾虑重重的。"

"小地方就是多事。"

"现在人家全知道了。"

"那很糟糕。"

"可不是！要是名声稍有不好，在这种小地方就算完了。"随即仰脸微笑着又说，"算了，管它呢。我们这种人，到哪儿也能混碗饭吃。"

这种坦率的老实话，使得仰承先人遗产而饱食终日的岛村，大为意外。

"本来嘛，在哪儿还不是一样混饭吃，有什么好想不开的！"

她虽然说得那么轻描淡写，岛村仍能听到女人的心声。

"得了，甭去想了。能够真心去爱一个人的，只有女人才做得到。"驹子微微红着脸，低下头去。

后衣领敞了开来，露出雪白的肩背，像把展开的扇面。丰盈的肌肉，搽着厚厚的白粉，不知为什么，有点可怜兮兮的，看着既像毛织品，又像是兽类。

"也是因为如今这世道……"岛村嗫嚅道，忽而意识到语意的空洞，不由得打了个寒战。

但驹子却单纯地说：

"什么世道还不都一样嘛！"

抬起头来，呆呆地又说了一句：

"你这还不知道？"

贴在背上的红衬衣给遮住看不见了。

岛村现在正在翻译保罗·瓦莱里[①]、阿兰[②]，以及俄国舞全盛时期法国文人的舞蹈论。打算自费出版少量豪华版。说来这种书对今天的日本舞蹈界未必有用，不过是聊以自慰罢了。拿自己的工作来嘲弄自己，恐怕也算是一种自得其乐吧。他那可怜的梦幻世界，也许正是从那里幻化出来的。尤其他无须这么急着出来旅行。

他仔细观察了昆虫苦闷而死的惨状。

秋天愈来愈冷，他房里的席子上，每天都有死掉的虫子。硬翅膀的虫子，一翻转来，便再也爬不起来了。而蜂，却是跌跌爬爬，爬爬跌跌的。看来像是随着季节的推移，而自然地死去，死得静谧安宁。其实走近一看，脚和触须还在抽搐、挣扎。区区小虫，死所竟有八席之大，看来是宽敞有余了。

岛村用手去捏起来扔掉，有时会突然想起留在家里的几个孩子。

有的蛾子，一直停在纱窗上不动，其实已经死了，像枯叶似的飘落下来。有的是从墙上掉下来的。岛村捡起来一看，心想，为什么长得这样美呢？

防虫的纱窗已经卸掉，虫声寂然不闻。

县境上的群山，红得越发浓重，夕照之下，宛如冰冷的矿石，

[①] 保罗·瓦莱里（Paul Valéry，1871—1945），法国后期象征派诗人，评论家。
[②] 阿兰（Alain，1868—1951），原名爱弥尔·奥古斯特·夏提埃（émile Auguste Chartier），法国哲学家、作家、教育学家。

发出黯然的光彩。旅馆里挤满观赏红叶的游客。

"今儿个大约来不成了。本地人要举行宴会。"那天晚上驹子到岛村房里来时说。不大一会儿，从大厅里传来鼓声，夹带着女人的尖声高叫。正闹成一片时，出乎意外地近旁响起一个清亮的嗓音，问：

"有人吗？有人没有？"是叶子在叫。

"这是驹姐姐叫我送来的。"

叶子站着，像邮差似的伸过手来，随即又慌忙一跪。岛村解开打着结的便条时，叶子已经走掉了。连句话都没来得及说。

"此刻正在喝酒，闹得挺开心。"字是写在手纸上的，歪七扭八的。

然而，不出十分钟，驹子跟跟跄跄地走了进来。

"方才那丫头送什么东西来没有？"

"来过了。"

"是吗？"高兴地眯起一只眼睛。

"啊，真痛快。我推说去叫酒，便偷偷溜了出来。给账房先生看见了，还挨了骂。酒真好。挨骂也罢，脚步声也罢，什么都不在乎。哎呀，糟糕，一来这儿，忽然醉起来啦。我还得做生意去。"

"你连手指尖都红得很好看呢。"

"走啦，做生意去。那丫头说什么没有？她可会拈酸吃醋呐，你知道不？"

"谁呀？"

"会宰了你的。"

"她也在帮忙吗？"

"端着酒壶，一动不动站在走廊上瞧着，眼睛忽闪忽闪，亮晶晶的。你就喜欢那种眼神，是吧？"

"她准是一边看，心里一边想，真够下流的。"

"所以呀，我才写了条子叫她送来。好渴，给我点水吧。谁下流？要不把女人骗到手，那可难说。我醉了吗？"说着扑向镜台，抓住镜台的两角，对着镜子照了照，随即直起身子，理好下摆便出去了。

过了一会儿，宴会似乎散了，忽然沉静下来，远远传来收拾碗盏的声音。以为驹子被客人带到别的旅馆，去陪第二次酒时，不料叶子又拿着驹子打了结的字条来了。

"山风馆饭局已作罢，将去梅厅，回家时前来，晚安。"

岛村有些发窘，苦笑着说：

"谢谢你。是来帮忙的吗？"

"嗯。"叶子点头时，美丽的目光锐利地瞥了岛村一眼。岛村不免有些狼狈。

以前见的那几次，都曾留下令人感动的印象，而此刻她这样若无其事地坐在面前，岛村竟莫名其妙地有些局促起来。她那过于严肃的举止，总像有什么不寻常的事似的。

"好像很忙吧？"

"嗯。不过，我什么都做不来。"

"我倒是见过你好几次呢。头一次在回来的火车上，你照顾那个病人，还把你弟弟托付给站长，你还记得吗？"

"记得。"

"听说你睡觉前爱在澡堂里唱歌？"

"哎哟，真不像话，多难为情呀。"那声音美得惊人。

"你的事,我好像什么都知道似的。"

"是吗?是听驹姐姐说的吧?"

"她倒没说什么。甚至不大愿意提你的事呢。"

"是吗?"叶子悄悄扭过脸去说,"驹姐姐人很好,就是太可怜了,请你好好待她吧。"

说得很快,说到后来,声音都带点颤。

"可是,我也无能为力啊。"

叶子好像浑身都在发颤。脸上光艳照人。岛村忙将目光避开,笑着说:

"也许我该早些回东京的好。"

"我也要去东京呐。"

"什么时候?"

"什么时候都行。"

"那么,回去时带你一起走吧?"

"好的,就请带我一起走吧。"像似随便说说,但声音却透着真挚,岛村感到惊讶。

"只要你家里人肯答应。"

"我家里,只有一个在铁路上做事的弟弟。我自己做主就行了。"

"东京有什么熟人吗?"

"没有。"

"同她商量过没有?"

"你是说驹姐姐吗?她可恨,我才不告诉她呢。"

说着说着,情绪和缓下来,抬起有点湿润的眼睛,看着岛村。在叶子身上,岛村感到有种奇怪的魅力。但不知怎的,对驹子的恋情反倒更加炽烈起来。同一个身世不明的姑娘，像私奔似的回去，他觉得这样做虽然有些过分，但对驹子却是一种悔罪的表示，或者说也是一种惩罚。

"与一个男人同行，不怕吗？"

"怕什么呢？"

"你至少得打好主意，在东京什么地方落脚，想要做什么，否则岂不太冒险吗？"

"一个女孩子家总会有办法的。"叶子把尾音往上一挑，听来很悦耳。她盯着岛村说：

"你不能雇我做女佣吗？"

"什么话，做女佣！"

"说真的，我也不愿意当女佣。"

"以前你在东京做什么呢？"

"看护。"

"在医院里，还是在学校里？"

"都不是，只不过我想当就是了。"

岛村又想起火车上叶子照顾师傅儿子的情景，神情那么专注，正足以表现她的志向，不由得微笑了。

"那么这次也想去当看护了？"

"不想再当了。"

"那么没长性可不行。"

"啊哟，什么没长性，我不喜欢嘛。"叶子不以为然地笑了起来。

她的笑声也响亮清脆得近乎悲凉，听着毫无无知感。在岛村的心弦上，徒然叩击了几下便消逝了。

"什么事那么好笑？"

"说穿了吧，我只看护过一个病人。"

"唔？"

"而且，再也做不到了。"

"原来这样。"岛村出其不意又挨了这么一句，便轻轻地说，"听说你每天都到荞麦田下面的坟上去，是吗？"

"嗯。"

"你打算这一生就不再看护别的病人，也不上别人的坟了吗？"

"不啦。"

"那你怎么舍得抛下那座坟，跑到东京去呢？"

"啊呀，对不起。你带我去吧。"

"驹子说，你最会吃醋哩。那个人不是驹子的未婚夫吗？"

"行男吗？瞎说，没有的事。"

"你说驹子可恨，为什么呢？"

"驹姐姐吗？"她像当面叫人似的，眼光忽闪忽闪地盯住岛村说，

"请你好好待驹姐姐吧。"

"我也力不从心啊。"

叶子的眼角里涌出泪水，一面捏着掉在席上的小飞蛾，一面啜泣着说：

"驹姐姐说，我会发疯的。"说完，霍地跑出屋去。

岛村感到一缕寒意。

他打开窗子，想把叶子捏死的蛾子扔出去，却看见驹子喝醉酒，正欠起身子，逼着客人猜拳。天空阴沉沉的。岛村洗澡去了。

叶子领着旅馆的孩子，走进隔壁的女浴池。

让孩子脱衣服,给他擦澡,说话那么温柔,声音那么甜美,俨然一个天真烂漫的小母亲,听起来怪舒服的。

接着她又用那声音唱起歌来:

　　……
　　……
　　来到房后瞧一瞧,
　　梨树有三株,
　　杉树有三株,
　　三三一共有六株。
　　下做乌鸦巢,
　　上筑麻雀窝,
　　蟋蟀在林中,
　　为啥唧唧叫不住。
　　阿杉去扫墓,
　　扫的哪个墓,
　　扫的朋友墓,
　　一处一处又一处……

叶子孩子气地急口唱起这首拍球唱的儿歌,曲调轻快活泼,使岛村觉得方才的叶子就如同梦幻一样。

叶子不停地跟小孩子说话,直到走出澡堂,她的声音还像笛韵一样,余音袅袅。门口黑亮、陈旧的地板上,一旁摆着一只桐木三弦琴盒,在这秋夜的静谧中,也足以牵系岛村的情思。他走近去看是哪个艺伎的,正巧驹子从洗碗盏的那边走了过来。

"看什么呢?"

"这个人在这里过夜吗?"

"谁?哦,这个呀?多傻呀,你这人。这东西哪能随身带着各处走呢。有时一放就是好几天。"她笑着刚说完,便痛苦地喘着粗气,闭起眼睛,松开衣摆,跟跟跄跄地靠在岛村身上。

"好吗?送送我吧。"

"何必回去呢?"

"不,不,我得回去。本地人的饭局,别人全跟着去侍候第二局,只我一个人留下来了。这里有饭局倒还好说。等会她们回家约我去洗澡,我若不在,就太说不过去了。"

人已经醉得不成样子,驹子居然还能挺住身子走下陡坡。

"是你把那丫头弄哭的吧?"

"这么一说,她倒真有些疯疯癫癫的呢。"

"把人家看成那样,还觉得挺有趣,是不?"

"那不是你说的吗?说她会发疯。大概想起你的话才气哭了的。"

"那就算了。"

"可是还不到十分钟,便在澡堂里美滋滋地唱了起来。"

"在澡堂里唱歌,是她的怪癖。"

"她还正正经经求我,叫我好好待你来着。"

"多蠢呐。不过,这种话用不着你来跟我吹嘘。"

"吹嘘?不知为什么,很奇怪,一提起那姑娘,你就闹别扭。"

"你想要她是不是?"

"你这人,怎么说出这种话!"

"不是跟你开玩笑。看见那丫头,总觉得日后会成为我的一大包袱。不知怎的，我老有这种感觉。事情搁在你身上也是一样，假定你喜欢她，就好好观察观察看，你准会也这么认为的。"驹子把手搭在岛村肩上，依傍过来，忽而又摇摇头说，

"不。要是有你这样的人照顾她，也许还不至于疯。你替我背这包袱吧，好吗？"

"别胡说了。"

"你以为我是撒酒疯说醉话吗？我想过，那丫头要能在你身边，有你疼她，我索性就在这山里破罐破摔了。那多痛快。"

"喂！"

"放开我！"说着一脱身跑开了，咕咚一下撞到挡雨板上，已经到了她的住处。

"他们以为你不回来了。"

"嗯。我能开。"

从底下连提带拉，门便吱吱嘎嘎地开了。驹子低声说道：

"坐坐再走吧？"

"这么晚了。"

"他们全睡了。"

岛村终究有些游移。

"那我送你回去。"

"不必了。"

"不行。我现在的房间你还没看过呐。"

走进后门，眼前便横七竖八睡了一家人。盖的棉被是这一带做雪裤用的布料，已经褪了色，硬板板的。昏黄的灯光下，主人夫妇和一个十七八岁的女儿，还有五六个孩子，脸朝哪面睡的都有，贫寒之中自有一种强劲的生命力。

房里一股热烘烘的鼻息，逼得岛村不由得想退出门去，可是驹子已把身后的门啪嗒一声关上了，也不顾脚下出声，踩着木板地过来，岛村蹑手蹑脚走过小孩子的枕头边。一种奇异的快感，使他胸中发颤。

"你在这儿等一下，我先上去开灯。"

"不用了。"岛村摸黑走上楼梯。回头一看，顺着一张张朴实的睡脸望过去，那边是卖点心糖食的铺面。

楼上有四间屋子，农家的格局，铺着旧席子。

"我一个人住，大是够大的了。"驹子说。她把所有的纸门都敞开，旧家具什物，全堆在另一间屋里。熏黑的纸门里面，铺着驹子的小铺盖。墙上挂着陪酒穿的衣服，简直像一座狐仙的洞府。

驹子一个人坐在铺盖上，把仅有的一个坐垫给了岛村。

"哟，好红！"照着镜子说，"竟醉成这个样子了？"

说完便在衣橱上摸索了一阵。

"给你，日记。"

"这么多。"

从衣橱旁又拿来一个花纸糊的小盒，里面装满了各种牌子的香烟。

"客人给了，我就笼在袖子里或掖在腰带里带回来。虽然皱成这样子，却一点不脏。差不多的牌子都有了。"说着在岛村面前挂着一只胳膊，翻弄着盒里的香烟。

"哎呀，没有火柴。戒了烟，便用不着了。"

"算了。你还做针线？"

"嗯。赏红叶的客人一多，就忙得没工夫做。"驹子回身把衣橱前面的活计收到一旁。

那只直木纹的漂亮衣橱和豪华的朱漆针线盒，大概是驹子在东京那段生活的纪念品，依然同放在师傅家那间纸箱也似的顶楼里一样，眼前摆在这荒凉的二楼上，显得黯然失色。

　　电灯上吊着一根细绳，一直垂到枕边。

　　"看完书想睡时，一拉这根绳，灯便熄了。"驹子摆弄着灯绳，俨然像个家庭主妇，规规矩矩坐在那里，带着一点娇羞。

　　"就像狐狸嫁女点鬼火——明灭由己。"

　　"可不是。"

　　"真要在这屋里住四年吗？"

　　"已经半年过去了，其实也快。"

　　楼下的鼻息声隐约可闻，一时找不出话来，岛村便匆匆站了起来。

　　驹子一面关门，一面探头仰望夜空。

　　"要下雪了。红叶也快过时了。"说着也走到外面。

　　"这一带全是山里人家，红叶未尽雪已来[①]。"

　　"那么明天见了。"

　　"我送送你，送到旅馆门口。"

　　可是，仍和岛村一起进了旅馆。

　　"明儿见。"说完便不知到哪去了。过了一会儿，端了满满两杯冷酒来，一进屋便兴冲冲地说：

　　"来，喝一杯。你喝呀。"

　　"旅馆的人都睡了，你从哪儿拿来的？"

　　"嗯，我知道放在哪儿。"

[①] 此句引自司马曵作的净琉璃《箱根灵验蓖仇讨》，为剧中胜五郎之妻初花的台词名句。在此含调侃之意。

看样子驹子从酒桶倒酒时，已经喝过了，又露出方才的醉态，眯起眼睛，看着酒从杯口往外溢。

"不过，摸黑喝酒，真没味儿。"

岛村接过那杯冷酒，一口便喝干了。

喝这点酒本不该醉，也许是方才在外面走受了凉，突然觉得恶心起来，酒力上了头。岛村自知脸色发青，便闭起眼睛躺了下去。驹子慌忙过来服侍，不久，贴着女人热烘烘的身体，岛村像孩子似的感到泰然。

驹子羞答答的，举止就像一个没生育过的少女，抱着别人的娃娃，抬头望着孩子的睡脸。

过了一会儿，岛村突然开口说：

"你是个好姑娘。"

"好什么？好在哪儿？"

"是个好姑娘嘛。"

"是吗？你这人真讨厌。说些什么呀？振作一些吧。"驹子扭过脸去，一面摇着岛村，断断续续地埋怨他几句，便一声不响了。

少顷，她独自含笑道：

"这么着不好。我心里很难过，你还是回去吧。替换的衣服也没有了。每回上你这儿来，都想换一件陪酒穿的衣服，可是也再没的可换了，身上这件还是向朋友借的呢。我这人很坏，是不？"

岛村无言以对。

"我这种人，有什么好？"驹子声音有些哽咽，"初次见到你时，我曾想，这人多讨厌呐。哪有说话这么不礼貌的？那时真觉得挺讨厌的。"

岛村点了点头。

"哎呀，这话我可一直没告诉你，你懂吗？一个人让女人这么说他，岂不完了？"

"我不在乎。"

"真的？"驹子仿佛在回顾自己的过去，默然有顷。她把女性生命的温暖传给了岛村。

"你是个好女人。"

"怎么好法？"

"就是好女人嘛。"

"真是个怪人。"害羞似的缩起肩膀，把脸藏了起来。蓦地不知想起什么，支起一只胳膊，抬起头问：

"你这话是什么意思？告诉我，指的什么？"

岛村一愕，望着驹子。

"告诉我呀。就因为这，才老往这儿跑的吗？你是笑话我，对吧？你到底还是笑我了。"

驹子面孔涨得通红，眼睛瞪着岛村责问。愤激得肩膀也直哆嗦。铁青着脸，扑簌簌地掉下泪来。

"真窝心！啊，太窝心了！"一骨碌出了被窝，背对岛村坐着。

岛村这才明白驹子误会了自己的意思，心里一怔，可是仍闭着眼睛不作声。

"真叫人伤心呀。"

驹子一个人喃喃自语的，身子缩成一团，趴在席子上。

大概是哭够了，拿银簪扑哧扑哧在席子上扎了半天，突然站起来走出房间。

岛村无法去追她。听驹子这么一说，心里十分内疚。

可是，驹子旋即又轻手轻脚地走回来，在纸拉门外娇声叫道：

"哎，洗澡去吗？"

"唔。"

"别介意呀。我又想通了。"

躲在走廊上，站着不肯进来，岛村便拿了毛巾出去。驹子怕碰见他的目光，略微低着头走在前面。就像一个犯了案的罪人，给逮走的样子。洗完澡，身体暖和了，人又嘻嘻哈哈起来，看着叫人怪心疼的，她哪还能睡得着。

第二天清早，岛村给唱谣曲的吵醒了。

静静地听了一会儿，驹子从梳妆台前回过头来，嫣然一笑，说道：

"是梅花厅的客人。昨晚宴会后不是叫我去了吗？"

"是谣曲会的团体旅行吧？"

"嗯。"

"下雪了吗？"

"可不。"驹子站起来，哗啦一声拉开纸窗。

"红叶也快完了。"

窗外是一角灰暗的天空，鹅毛大雪飞飞扬扬，飘洒进来。四周简直静得出奇。岛村睡意未消，茫然望着窗外。

唱谣曲的人又敲起鼓来。

岛村想起去年年底，那面映着晨雪的镜子，便向梳妆台望去。镜中那冰冷的雪花，显得分外大。驹子敞开衣领在擦脖子，四周闪过一道道白光。

驹子的肌肤，白净得像刚洗过一样。想不到她这人，竟会因岛村偶然的一句话，造成那样的误会。于此也可看出她内心难以抑遏的悲哀。

远山的红叶已呈锈色，日渐暗淡，因了这场初雪，竟又变得光鲜而富有生气。

杉林覆盖着一层薄雪，一棵棵立在雪地上格外分明，峭棱棱地指向天空。

雪中绩麻，雪中纺织，雪水漂洗，雪上晾晒。从绩麻到织布，都在雪中完成。所以古书①上写道：有雪才有绉布，雪为绉布之母。

在漫长的雪季，织这种麻绉是农妇村姑的手工艺。岛村在估衣铺里搜求过这种雪国产的麻绉，用来做夏服穿。因舞蹈方面的关系，他认识经营古典戏装的旧货店，甚至托他们，但凡有什么好货色，便留给他看看。他喜欢这种麻绉，有时也做成贴身的单衣。

据说，从前每逢拆下挡雪帘子，到了冰雪解冻的春天，便是麻绉上市的季节。收购麻绉的商贾，从东京、大阪和京都远道而来，甚至有固定的常住旅店。姑娘们辛苦半年，精心织的麻绉，也为的是赶这个一年中的头一个集市。远村近郭的男男女女都云集于此，耍把戏的，卖东西的，摊头鳞次栉比，就跟城里庙会一般热闹。绉布上拴着纸签，写着织布人的姓名、住处，按着布的成色定为一等二等。这也成了挑选媳妇的标准。得从小学起，若非十五六至二十四五的年轻姑娘，是绝对织不出好绉布来的。年纪一大，织出来的绉布就缺少光泽。姑娘们要想成为数一数二的织布能手，势必得下番苦功，磨炼自己的手艺不可。每年旧历十月开始绩麻，到第二年二月中晾完。隆冬雪天，别无杂事，才能专心致志于这门手艺。产品中，自是凝聚了织女的一番心血。

---

① 古书，指江户后期文人铃木牧之（1770—1842）所著《北越雪谱》。为越后鱼沼（新潟县）雪国传统风俗习惯的生活写照。

岛村穿的麻绉中，说不定就有明治初年，甚至更早的江户末年的姑娘织的料子呢。

直到现在，岛村还把自己的麻绉拿出去"晾雪"。把不知从前是什么人穿过的旧衣服，每年送到产地去晾，固然是件麻烦事，但是想到姑娘们当年在大雪天里，那么兢兢业业，便不由得想要送到织女所在地去好好晾晾。白麻，晾在深厚的雪地上，映着朝阳，染上一层红色，浑然分不出是雪，还是布。每当想起这一情景，夏天的污秽便好像已涤荡无遗，自己的身体也像晾晒一遍，觉得那么舒适。不过，晾晒之类，都由东京的估衣店代办，至于古代晾法，究竟有没有传下来，岛村便不得而知了。

不过，晾麻店是自古就有的。织女很少自织自晾的，大抵都送到晾麻店去。白绉布是先织后晾，而带色的，则在纺成麻纱之后，便先期晾在绷架上。白绉布是直接铺在雪地上晾，从旧历正月晾到二月。所以，据说有时就把盖着积雪的田地当成晾麻的场所。

无论是布还是纱，都要在灰水里浸上一夜，第二天早晨用清水漂过几道，绞干再晾。如是者，反复几天。待到白绉晾晒接近完工时，遇到一轮朝日照在上面，红彤彤的景色，蔚为壮观，无可形容。难怪古人在书上写道：但愿南国庶众，也能一饱眼福。而晾事一了，便预示着雪国之春即将来临。

绉布的产地离这个温泉村很近。就在山峡渐渐开阔、河川下游的平原上，从岛村的房间似也隐约可见。从前有绉布市集的村镇，现在都修了火车站，成了有名的机织工业区了。

但是，无论穿麻绉的盛夏，抑或织麻绉的寒冬，岛村都没有来过这个温泉村，所以也就无从和驹子提起麻绉的事。而且，他也不是专门探求古代民间工艺遗迹的那种人。

然而，在澡堂里听见叶子的歌声，岛村忽然想到，倘如这姑娘生在古时，在纺车和织机旁准是也这么唱歌的。叶子的歌声，富于那种古朴的情调。

麻纱比毛发还细，如果不借助天然冰雪来回潮一下，便更难处理，据说在阴冷季节最为合适。古人说，数九寒天织的布，三伏天穿着最为凉爽，此乃阴阳和合，自然之道。即便是缠着岛村不放的驹子，身上似乎也有着某种凉意。因此，她热情奔放之时，岛村便格外怜惜。

但是，这种情爱，远不如一匹麻绉那么实在，麻绉还能以确切的形式保存下来。在工艺品中，穿着用的布匹寿命最短，但只要保存得好，即便是五十年前的麻绉，都不褪色，仍旧可穿。然而，人间情爱竟不及麻绉来得持久。岛村茫茫然想到此处，脑海里蓦地现出驹子日后给人生儿育女，做了母亲的模样。他倏然惊觉，向四周打量了一下。心里想，可能是太累了。

他这次逗留这么久，好像把妻儿家小都给忘记了。倒也不是因为难舍难分，只是盼望驹子时时前来相会，已经成了习惯。驹子越是这样苦苦追求，岛村越是责备自己，难道自己已经心如死灰了吗？也就是说，明知自己寂寞，却又不思摆脱。驹子闯入自己的心灵，岛村觉得很不可思议。她的一切，岛村都能理解，而岛村的一切，驹子似乎毫无所知。驹子撞上一堵虚无的墙壁，那回声，岛村听来，如同雪花纷纷落在自己的心坎上。岛村毕竟不可能由着自己的性儿，永远这样下去。

他觉得，这次回去，怕是一时不会再到这温泉村来了。雪季将临，已经笼上了火盆，岛村靠在火盆边上。方才旅馆老板特地送来一只京都产的古色古香的铁壶。壶上镶着嵌银的花鸟图案,十分精巧。这时壶水发出柔和的声音,有如松涛细响一般。声音分成远近二重,那远的,在松涛之外,仿佛另有只小铃铛,隐隐约约响个不停。岛村把耳朵贴近水壶去谛听那铃声。忽然看见驹子的一双小脚,迈着如铃声一般细碎的步子,从那铃声悠扬的远方走来。岛村一惊之下,决意非尽快离开这里不可了。

于是,岛村便想到麻绉产地去看看,并打算趁此机会,离开这温泉村。

河的下游有好几处村镇,岛村不知该去哪儿好。他不想去看现在已经发展成机织工业的大镇,宁愿在一个冷清的小站下车。走了片刻,便到了一条像似从前的客栈街。

家家的屋檐都伸出一大块,支撑檐头的柱子,沿路竖了一长排。类似江户城里的骑楼。而这里自古叫"雁木",雪深时便成了人行道。路的一侧,房屋鳞次栉比,上面的屋檐彼此相连。

因为家家屋檐相连,顶上的积雪只能扫到路中间,否则无处可堆。路上已经堆成一条雪堤。所以,实际上是把雪从屋顶上扫到路中间的雪堤上。要过马路,须打通雪堤,开出许多洞才行。当地叫作"胎里钻"。

虽然同是雪国,但驹子所在的温泉村,屋檐并不相连,所以岛村到了这个镇上,才头一次见到"雁木"。他稀奇得不得了,在那下面走了一遭。古老的屋檐,遮得下面很暗。倾圮的柱脚,已快朽烂。他觉得好像在窥探这世世代代埋在雪中阴森忧郁的人家似的。

织女们在雪下苦心孤诣从事手工劳作的生涯,绝不像她们织出的麻绉那么清爽明丽。这个十分古老的村镇给他的印象,足以使他这么认为。记载有关麻绉的古书里，曾引用中国唐朝秦韬玉的诗，而当时之所以无人肯雇织女织布，据说是因为织一匹麻绉，既费工又费钱，得不偿失。

如此辛劳的织女，没留下名字便已故去，只有美丽的麻绉留存下来。夏天穿着感觉凉爽，于是便成为岛村这类人的奢侈衣物了。这本来是毫不足怪的事，岛村忽然觉得不可思议起来。那一往情深的爱的追求，有朝一日，难道竟会变成对所爱的人的鞭笞吗？岛村从雁木下走到马路上。

这条街又直又长，当年街上客栈云集。大概一直通到温泉村，是条由来已久的街道。屋顶由木板葺成，上面压着板条和石块，同温泉村毫无二致。

屋檐下的柱子，投下一抹淡淡的影子。不知不觉间已近黄昏。

看无可看了，岛村便又乘上火车，到了另一个村镇。样子和前一个镇子差不多。他随便闲逛了一会儿，吃了一碗面，好压压寒气。

面馆儿靠近河边，想必这条河也是从温泉村流过来的。三三两两的尼姑，先后从桥上走过。都穿着草鞋，有的身背圆斗笠，好像是托钵归来的样子，给人以乌鸦急急还巢的感觉。

"走过去的尼姑好像不少哩？"岛村问面馆儿的女人。

"敢情，山里有座尼姑庵。过几天一下雪，再下山，就难了。"

暮色渐浓，桥那边的山显得白蒙蒙的。

这一带，一到叶落风寒，便连日阴天，冷飕飕的。这是下雪的兆头。远远的高山白蒙蒙一片，这叫作"山戴帽"。近海之地，会有海啸；山深之处，则有山鸣，地动山摇，这便是"地打雷"。但凡看见"山戴帽"或听见"地打雷"，便可知道大雪将临。岛村想起古书上是这么写的。

岛村早晨躺在床上,听赏红叶的游客唱谣曲的那天,下了头场雪。今年难道已经海啸山鸣过了吗?岛村独自一人羁旅在温泉村,不时地与驹子相会,难道是耳朵变得出奇地灵敏吗?单单是想那么一下海啸山鸣,耳内便仿佛隐隐然响起一阵轰鸣。

"这往后,尼姑她们过冬该闭门不出了吧?有多少人呢?"

"嗯,恐怕不少呢。"

"净是些尼姑在一起,大雪封山的这几个月,都做些什么呢?从前这里出产的那种麻织,要是庵里能织织倒不错。"

好事的岛村说的这番话,面馆儿女人听了只是淡淡一笑。

回去时,岛村在车站上差不多等了两个小时的火车。惨淡的夕阳已经西沉,寒气渐渐袭人,仿佛连星光也冷得格外璀璨。脚上冻得冰凉。

岛村毫无目的地跑了一趟,又回到了温泉村。车子开过平交道,到了神社的杉林旁的时候,眼前一户人家灯火明亮,岛村松了一口气,那是菊村小饭馆,三四个艺伎正站在门口聊天。

岛村还没来得及想,驹子也许会在这里,一眼便看见了她。

车速突然慢了下来。恐怕司机对岛村和驹子的关系已有所知,所以无意中开得很慢。

岛村蓦地回头,朝后面望去,正好背着驹子的方向。自己乘的这辆汽车,在雪上分明留下两行车辙,想不到在星光下,竟能看得老远。

车子到了驹子面前,好像一眨眼的工夫,驹子猛地跳上汽车。汽车没有停,照旧慢吞吞地爬上山坡。驹子的身子缩在车门外的踏板上,抓着门把手。

那势头像是跳上来就给吸在上面似的。岛村感觉上恍如有个温暖的东西轻轻挨了过来,丝毫不觉得驹子的举动有什么不自然或危险之处。驹子像要抱住车窗,举起一只胳膊,袖子滑了下去,长衬衣的颜色,隔着厚厚的玻璃,映入岛村冻僵的眼帘。

驹子将前额贴在玻璃窗上,高声喊着:

"你到哪儿去啦?告诉我,到哪儿去啦?"

"多危险呀?不要胡来!"岛村也大声答道,这样闹着玩也不无甜情蜜意。

驹子打开车门,侧着身子钻了进来。这时车刚刚停下,已经开到山脚下了。

"告诉我,你到底去哪儿了?"

"嗯,没去哪儿。"

"哪儿?"

"没到哪里去。"

驹子用手理了一下衣摆,举止间艺伎的风情十足,岛村看着忽然觉得很稀奇。

司机坐着一动不动。岛村发觉车子停在路的尽头,这么坐在车里,觉得很可笑,便说:"下车吧。"

驹子把手放在岛村搁在膝盖上的手上说:

"哟,好凉!这么凉!怎么不带我去呢?"

"是啊。"

"什么呀?你这人真怪。"驹子高兴地笑着,登上陡峭的石级小路。

"我看见你走的。好像是两点,要么就是还没到三点。"

"嗯。"

"听见汽车声,我就跑出来了,跑到门口看你来着。你没回头往后看吧?"

"是吗?"

"没看。你为什么不回头看看呢?"

岛村一愣。

"你不知道我在送你吗?"

"不知道。"

"瞧你这人!"驹子依旧高兴地抿嘴笑着,把肩膀靠了过来。

"怎么不带我去呢?越来越冷淡了,真可气。"

突然响起了警钟。

两人回头一看,喊道:

"失火了,失火了!"

"是失火了。"

火焰从下面的村中升起。

驹子叫了两三声,抓住岛村的手。

黑烟滚滚,火舌时隐时现。火势向四面蔓延开来,舔着房檐。

"是哪儿?是不是你原先住过的师傅家附近?"

"不是。"

"那是哪儿?"

"还要过去些,靠近火车站。"

火焰穿出屋顶,冲向天空。

"哎呀,是茧仓。是茧仓呀。哎呀,哎呀,茧仓烧起来啦。"驹子不住地喊着,脸颊靠在岛村肩上。

"茧仓,是茧仓。"

火势越来越猛,但从高处望去,辽阔的星空下,一片寂静,火灾如同儿戏一般。然而，又好似听到烈焰熊熊的声音，有些凄厉可怖。岛村搂着驹子。

"没什么好怕的。"

"不，不，不！"驹子摇着头哭起来。脸庞在岛村手里显得比平时还小。绷紧的太阳穴颤个不停。

看见失火就哭了起来，但她为什么哭呢？岛村也不去多想，只是搂着她。

驹子忽然止住了哭泣，抬起脸说：

"呀，对了。茧仓里今儿晚上放电影。里面挤满了人。你看……"

"那可不得了。"

"准有人受伤，会烧死人的呀！"

听见上面人声嘈杂，两人急忙跑上台阶。抬头望去，高处旅馆的二三楼，差不多的房间都开着纸拉门，人都跑到亮堂堂的廊下看火烧。院子的一边，种了一排菊花，枝叶已经枯萎，也不知是旅馆的灯火，抑或是天上的星光，照得花叶轮廓分明，使人以为是火光照亮的。菊花的后面也站着人。有三四个茶房等人，从他俩头的上方连跑带颠地下来，驹子大声问：

"喂，是茧仓吗？"

"是茧仓。"

"有人受伤吗？有没有人受伤？"

"正在往外救呢。是影片拷贝忽地一下着了火，烧得很快。刚在电话里听说的。你看！"茶房迎面一边说，一边扬起胳膊一指，跑了下去。

"听说正把孩子一个个从楼上往下扔呢。"

"哎呀呀，那可怎么办？"驹子好像追着茶房，走下石阶。后下来的人，都赶过她，跑到前面去了。驹子随着跑了起来。岛村也跟着追去。

石阶下面，因为有房屋遮挡，只看见火苗。这时，火警又震天价响，使人愈发惶惶不安，奔跑起来。

"雪都冻上了，当心点，滑着呢。"驹子回头冲着岛村说，趁势收住了脚步。

"噢，对了，你算了吧，甭去了。我是因为惦记村里人。"

经她一说，倒也对，岛村不由得松了劲儿，一看脚下正是路轨，已经到了平交道了。

"银河，多美呀！"

驹子喃喃自语，望着天空，又跑了起来。

啊，银河！岛村举头望去，猛然间仿佛自己飘然飞入银河中去。银河好像近在咫尺，明亮得似能将岛村轻轻托起。漫游中的诗人芭蕉[①]，在波涛汹涌的大海上所看到的银河，难道也是如此之瑰丽，如此之辽阔吗？光洁的银河，似乎要以她赤裸的身躯，把黑夜中的大地卷裹进去，低垂下来，几乎伸手可及。真是明艳已极。岛村甚至以为自己渺小的身影，会从地上倒映入银河。是那样澄明清澈，不仅里面的点点繁星一一可辨，就连天光云影间的斑斑银屑，也粒粒分明。但是，银河却深不见底，把人的视线也吸了进去。

"喂——，喂——"岛村喊着驹子。

"哎——，快来呀——"

驹子向银河低垂处，暗黑的山那边跑去。

[①] 芭蕉，即日本俳圣松尾芭蕉（1644—1694）。此处意旨松尾芭蕉在《奥之细路》里所咏名句：荒海怒涛鸣，佐渡孤影万斛愁，银河遥相望。

好像提着下摆,随着手臂来回摆动,红衬衣的底襟便忽长忽短地时时露出来。从那星光辉映的雪地上,可以知道是红色的。

岛村拼命追上去。

驹子放慢脚步,松开下摆,拉着岛村的手说:

"你也去吗?"

"去。"

"你真好事。"她提起拖在雪地上的下摆。

"人家要笑我的,你回去吧。"

"好吧,就到前面。"

"那多不好,去火场还带着你,叫村里人看着,成什么样子。"

岛村点点头站住了,可驹子仍轻轻抓着岛村的袖子,慢慢地又走起来。

"在什么地方等我一下吧。我马上就回来。哪儿好呢?"

"哪儿都行。"

"好吧,再过去一些。"驹子瞅着岛村的面孔,忽然摇摇头说,"烦死我了。"

驹子的身子猛地撞了过来,岛村跟跄了一下。路旁的薄雪上,露出一排排大葱。

"太可恨啦。"驹子急急地找碴儿说,"你说过,我是个好女人,是吧?你走都要走了,为什么还说这种话?你倒是说呀!"

岛村想起驹子那时用簪子哧哧地扎着席子。

"当时我哭了,回去以后,又哭了一场。我真怕和你分手。不过,你还是快些走吧。给你说哭了,这事我可忘不了。"

一句话,造成一场误会,驹子竟会刻骨铭心,岛村回味之下,因惜别伤离在即,不免心痛如绞。突然火场上人声鼎沸。新冒出的火舌，喷出了很多火星。

"哎呀，火又大起来了，火苗蹿出那么高。"

两人这才松了口气，得救似的又跑了起来。

驹子跑得很快，木屐如飞，掠过冰冻的雪地。手臂与其说是前后摆动，还不如说是在两旁舒展着，上身憋足了劲。岛村心想，原来她身材竟这么小巧。岛村体格略胖，一面看着驹子的背影一面跑，很快便感到吃力了。驹子也一下子喘不过气来，跌跌撞撞地倒向岛村。

"眼睛冻得都要淌眼泪啦。"

脸颊发热，眼睛却是冰冷的。岛村的眼睑也湿润了。眨了眨，顿时泪眼模糊，银河满目。岛村极力忍住，不让泪花儿流下。

"天天晚上银河都是这样的吗？"

"银河？真美呀！不会夜夜都如此吧？好晴的天呀。"

银河的光从两人跑来的身后，流泻到他们前面，驹子的面庞好似映在银河里。

可是，纤细而笔挺的鼻子，轮廓模糊，小巧的双唇，也失去了色泽。岛村不能相信，那横贯长空的光层，竟会这样幽暗。星光似比薄明的月亮更加淡薄，银河却比任何满月的夜空还要明亮。大地朦朦胧胧，阒无人影，驹子的脸像个旧面具似的浮现起来，散发出女性的芬芳，真是不可思议。

仰望长空，银河好似要拥抱大地，垂降下来。

银河犹如一大片极光，倾泻在岛村身上，使他感到仿佛站在地角天涯一般。虽然冷幽已极，却是惊人的明丽。

"你走了，我要正正经经地过日子了。"驹子说着又走起来，拿手拢了拢蓬松的发髻。走了五六步，回过头来。

"怎么啦？你真是的。"

岛村仍是站着不动。

"嗯？那就等我一下吧。待会儿一起去你房间吧。"

驹子招了招左手，便跑开了。她的背影，好像给吸进黑黝黝的山底。银河在峰峦起伏的尽头，展开她的裙裾，反过来，似乎又从那里向天空灿穿四射。山容益发显得黑沉沉的。

岛村开始走了起来，不久，街道的房子便遮住了驹子的身影。

传来一阵"嗨哟！嗨哟！嗨哟！"的吆喝声，看见有人拖着抽水机从街上过去。好像接连不断跑过很多人。岛村也赶忙走到大街上。两人来的小路，通到大街，正成一个丁字形。

又过来一台抽水机。岛村让开路，跟在后面跑着。

是台手压的老式木头抽水机。除了一队人拖着长长的绳索走在前面外，抽水机周围还围了一圈消防队员，抽水机却小得可怜。

驹子也闪在路旁，让抽水机先过去。看见岛村，便跟着一起跑。站在路边给抽水机让路的人，像给抽水机吸引过去似的，都跟在后面跑了起来。现在他们两人，不过是随着人群跑向火场罢了。

"你也来啦？真好事。"

"嗯。这抽水机靠不住吧？还是明治维新前的哩。"

"可不。别摔着。"

"好滑。"

"是呀。以后，整夜刮暴风雪时，你该来看一次。来不了吧？那时，山鸡啦，野兔啦，全躲到人家家里来。"驹子说得高兴起来，那声音杂在消防员的吆喝声和人们的脚步声里，显得又响亮又起劲。岛村也一身轻松起来。

已经听得见火焰噼噼啪啪的声音。眼前火势很猛。驹子抓着岛村的胳膊肘。街上又低又黑的屋顶,在火光的明灭中,时隐时现。水龙的水从路上流到脚下。岛村和驹子很自然地停住脚步,站在人墙后。火烧的焦味混合着煮蚕茧的臭气。

　　人群里到处在高声议论,说的事都大同小异。什么影片拷贝起的火啦,把看电影的孩子一个个从楼上扔下来啦,没有人受伤啦,幸好村里现在没把蚕茧和大米放在里面啦,等等。可是,面对烈火,大家只有沉默的份儿,不论远近都失去了主宰,唯有这一片寂静笼罩着火场。好似人人都在倾听着火声和抽水机声。

　　村里不时有人姗姗来迟,四处喊着亲人的名字。听到有人答应,互相便高兴得叫起来,只有这些声音,才是生气勃勃的。火警的钟声已经停了。

　　岛村怕引人注目,便悄悄离开驹子,站在一群孩子的后面。因为烟火烤人,孩子们向后退去。脚下的积雪松软了一些。而人墙前面的雪,因为火烤水浇已经融化,杂沓的脚印踩成一片泥泞。

　　茧仓旁正好是块田,和岛村一起跑来的村里人,大都站在田里。

　　火大概是在摆放映机的房门口烧起来的。茧仓的半边屋顶和墙壁已经烧掉,柱子和房梁还竖在那里冒烟。除了木板顶、墙板和地板之外,茧仓里空空的,所以里面的烟并不怎么大。屋顶上浇了很多水,看样子烧不起来了,但火还在蔓延,在意想不到的地方又会冒出火苗来。三台抽水机赶忙去浇,于是忽地一下,火星四溅,冒出一股浓烟。

　　火星溅落在银河里,岛村好像又给轻轻托上银河似的。黑烟冲向银河,而银河则飞流直下。水龙没有对准屋顶,喷出的水柱晃来晃去，变成一股白蒙蒙的烟雾，宛如映着银河的光芒。

驹子不知什么时候靠了过来，这时握住岛村的手。岛村转过头去看了一眼，没有作声。驹子神情专一，两颊绯红，只管望着火。火光起伏，在她脸上摇曳。一阵激情顿时涌上岛村的心头。驹子的发髻松了，伸着脖子。岛村倏地想伸过手去，但是指尖簌簌颤抖。他的手发热，驹子的手更烫。不知怎的，岛村感到别离已经迫在眼前。

房门口的柱子还是别的什么火又烧了起来。水龙一齐喷射过去，屋脊和横梁嘶嘶冒着热气，随即倾坍下来。

突然，围看的人群"哎呀"一声，倒抽一口冷气，只见一个女人落了下来。

茧仓兼作戏园，二楼尽管徒具形式，却也设有座位。虽说是二层，其实很低，从楼上掉到地上，照理只是转瞬之间的事，但时间长得好像足以让人看清掉下来的姿势。也许那样子很怪，跟木偶似的。所以，一眼看去便知道，她已经不省人事了。掉在地上没有声音。地上是一汪水，所以，没有扬起尘土。人正落在新蔓延的火苗和余烬复燃的死火之间。

一条水龙对着余烬的火苗，喷出一道弧形的水柱。就在水柱前面，忽然现出一个女人的身体，便那么落了下来。她在空中是平躺着的，岛村顿时怔住了，但猝然之间，并没有感到危险和恐怖。简直像非现实世界里的幻影。僵直的身体从空中落下来，显得很柔软，但那姿势，如同木偶一样没有挣扎，没有生命，无拘无束，似乎生死均已停滞。要说岛村闪过什么念头，便是担心女人平躺着的身体，会不会头朝下，或腰腿弯起来。看着像会这样，结果还是平着掉了下来。

"啊——！"

驹子哗然尖叫一声，捂上眼睛。岛村的眼睛则一眨也不眨地凝视着。

掉下来的是叶子。岛村是在什么时候知道的呢？人群的惊呼和驹子的尖叫，实际上好像发生在同一瞬间。叶子的小腿在地上痉挛，也在那一瞬间。

驹子的尖叫，直刺岛村的心。看着叶子的小腿痉挛，岛村的脚尖也都跟着发凉，抽搐起来。在这令人难耐的惨痛和悲哀的打击下，他感到心头狂跳。

叶子的痉挛微乎其微，简直觉察不出来，而且马上便停住了。

在叶子痉挛之前，岛村先已看见她的脸庞和红色箭条花纹的衣服。叶子是仰面掉下来的。衣服的下摆一直翻到一条腿的膝盖上面。碰到地上，也只有小腿痉挛了一下，整个人仍是神志不清的样子。不知为什么，岛村压根儿没想到死上去，只感到叶子的内在生命在变形，正处于一个转折。

叶子掉下来的二楼看台上，接连又倒下两三根木头。在叶子的脸部上面燃烧起来。叶子闭上了那顾盼撩人的眼睛。翘着下巴，仰着脖子。火光在她苍白的脸上闪过。

岛村蓦地想起几年前，到这个温泉村与驹子来相会的途中，在火车上看到叶子的脸在窗上映着寒山灯火的情景，心头不禁又震颤起来。刹那间，仿佛照彻了他与驹子共同度过的岁月。那令人难耐的惨痛和悲哀，也正存乎其间。

驹子从岛村身旁冲了过去。这一举动和她哗然惊叫、捂上眼睛，几乎就在同一瞬间，也正是人群"哎呀"一声，倒抽一口冷气的时刻。

烧得黑乎乎的灰烬浇了水,七零八落地掉了满地。驹子托着艺伎的长下摆,磕磕绊绊地跑了过去。她把叶子抱在胸前,想往回去,脸上现出用劲的样子。而叶子垂着头,脸上像临终时那样漠然,毫无表情。驹子如同抱着她的祭品或是对她的惩戒。

人墙开始溃散,你一言我一语,拥上去围住她俩。

"让开!请让开!"

岛村听见驹子的叫声。

"这孩子,疯了,她疯了!"

驹子发狂似的叫着,岛村想走近她。但被那些要从驹子手中接过叶子的男人家,挤得东倒西歪的。当他挺身站住脚跟时,抬眼一望,银河仿佛哗的一声,向岛村的心头倾泻下来。

(一九三五——一九四七年)

伊豆的舞女

脑海仿佛一泓清水,涓涓而流,最后空无一物,唯有甘美的愉悦。

一

　　山路变成了羊肠小道，眼看就到天城岭了。这时，雨脚紧追着我，从山麓迅猛而至，将茂密的杉林点染得白茫茫一片。

　　那一年，我二十岁，戴一顶高等学校的学生帽，穿着蓝地碎白花的上衣和裙裤，肩上背着书包。独自个儿在伊豆旅行，已经第四天了。在修善寺温泉过了一夜，在汤岛温泉住了两宿，然后，便穿着高齿木屐上了天城山。我虽然迷恋那秋色斑斓的层峦叠嶂、原始森林和深幽溪谷，可是，一个期望却使我心头怦怦直跳，匆匆地赶路。这时，豆大的雨点开始打在身上。我跑着爬上曲折陡峭的山坡。好不容易奔到岭上北口的茶馆，舒了口气，却在门前怔住了。真是天遂人愿。那伙江湖艺人正在里面歇脚。

　　舞女见我呆立不动，随即让出自己的坐垫，翻过来放在旁边。

　　我只"啊……"了一声，便坐到上面。因为爬山的喘息和慌乱，连句"谢谢"都哽在喉咙里没说出来。

　　我与舞女相对而坐，挨得又近，就慌忙从衣袖里掏出香烟。舞女又把女伴面前的烟缸挪到我身旁。我仍旧没有作声。

　　舞女看上去像有十七岁了。梳了一个大发髻，古色古香，挺特别，我也叫不出名堂。这发型使那张端庄的鹅蛋脸，愈发显得娇小，但很相称，十分秀丽。仿佛旧小说里的绣像少女，云鬓画得格外蓬松丰美。舞女的同伴里,有个四十岁的妇女,两个年轻姑娘,还有一个二十五六的男子,穿了一件印有"长冈温泉旅馆"字样的号衣。

此前,舞女一行我曾见过两次。头一次是我来汤岛的路上,他们去修善寺,在汤川桥附近相遇。当时有三个年轻姑娘,舞女提着大鼓。我不时回头张望,萌生了一种天涯羁旅的情怀。后来一次,是到汤岛的第二天晚上,他们来旅馆卖艺。我坐在楼梯中间,聚精会神,看舞女在门口地板上起舞。心想,他们那天在修善寺,今晚在汤岛,明天大概要翻过天城山,南下去汤野温泉吧?天城山路五十多里,准能追得上。就这样,我一路胡思乱想,急匆匆地赶来。为了躲雨,居然在茶馆里不期而遇,不免有些张皇失措。

过一会儿,茶馆老太婆把我让进另一间屋。屋子似乎平时不用,没装拉门。朝下望去,山谷清幽,深不见底。我皮肤起了鸡皮疙瘩,牙齿咯咯作响,浑身打起战来。就对端茶来的老太婆说:"好冷啊!"

"哎哟,敢情少爷身上都淋湿了!快到这边烤烤火吧,把衣裳烤干。"说着,便殷勤地把我领到自家的起居室里。

那屋里生着地炉,一开拉门,热气就扑面而来。我站在门槛上有些迟疑。因炉边有个盘腿坐着的老人,浑身又青又肿,好似溺死的人。一双眼睛连瞳孔都黄得像烂了一样,怏怏无力地望着我。身边的旧信旧纸袋堆积成山,不妨说他人已埋在废纸堆里了。我站在门口,只管怔怔地瞧着这个山中怪物,简直不像是个活人。

"真是丢人现眼,让您见笑……是我老伴,不用担心。虽然怪寒碜的,可他动弹不了,请将就些吧。"老太婆抱歉地说。

据她讲，老人已中风多年，全身瘫痪。那堆纸是各地寄来的信，介绍治中风的方子，以及按方抓药，各地寄药的纸袋。只要是治中风的方子，不管是听翻山越岭的过往旅客说的，还是看报上广告登的，他都一个不漏，各地打听，到处求购。这些信和纸袋，老人一件也不扔，全摆在身边，日相厮守。经年累月，废纸就堆积成山了。

听她这番话，我无言以答，只是在地炉边上俯首烤火。汽车越过山岭，震得房子直颤。这山上，秋天就这么冷，不久便要盖满白雪，这老人为什么不下山呢？我心里寻思着。我衣服上水汽蒸腾，炉火烤得人头昏脑涨。老太婆到店面去同女艺人她们聊天去了。

"是吗？上回带来的小丫头都这么大了？长成了大闺女，你也得济了。出挑得这么俊！真是女大十八变呀。"

差不多一小时的光景，听动静，那伙艺人像似动身了。我也坐不住了，心里只是干着急，却没勇气站起来。尽管她们一向跋涉惯了，可终究是女人家，我即便落后个两三里，跑上一阵也能追上。心里虽然这样盘算，坐在炉边，却好比热锅上的蚂蚁。不过，舞女她们一旦离开，我反倒没了拘束，竟浮想联翩起来。老太婆把他们送走后，我问道：

"那些艺人，今晚住在什么地方呢？"

"那种人，谁知道他们住哪儿呀，少爷！还不是哪儿有客人就住哪儿！哪儿有什么今晚可投奔的去处呢。"

老太婆的口吻甚是轻侮，引得我竟转出这种念头来：既然如此，今晚就叫舞女在我屋里过夜吧。

雨势渐小，峰峦渐明。老太婆虽一再挽留，说是再待上十分钟,就会雨过天晴。可我再也坐不住了。

"老大爷,您多保重啊。天要冷起来了。"我由衷地说道,然后站了起来。老人吃力地动了动发黄的眼珠,微微点了点头。

"少爷!少爷!"老太婆边喊边追出来,"您这么破费,真过意不去呀,太对不住您了。"

于是,抱住我的书包不肯撒手。我几经辞谢,她都不听,说要送我到前边。颠颠儿地跟在后面,走出一百来米,一再念叨那两句话。

"实在不好意思。太怠慢了。我会记住您的模样儿。下次路过再谢您吧。下次可一定要来啊。我决不会忘记您的。"

我只是留下一枚五角银币罢了,她竟大出意外,感激得老泪都快流出来了。我一心想快些追上舞女,而老太婆步履蹒跚,反而误事。终于来到岭上的隧道口。

"谢谢了。老大爷一人在家,请回吧。"见我这样说,老太婆这才放开书包。

走进昏暗的隧道,冰凉的水珠吧嗒吧嗒地滴落下来。前面,有一点小小的亮光,是去往南伊豆的出口。

二

一出隧道口,山路的一侧便竖着一道白漆栏杆,像闪电那样蜿蜒曲折。放眼望去,山脚下好似一个模型,看得见艺人们的身影。走了不到两里路,我追上他们。但又不好马上放慢脚步,便故作冷淡,越过那几个女人。而那男子,一个人走在前面二十来米外,见到我便停下了脚步。

"您脚力真不赖呀……恰好天晴了。"

我松了口气,与他并肩走了起来。他接二连三地向我问这问那。几个女的见我们攀谈,便啪嗒啪嗒从后面跑上前来。

他背着一个大柳条包。四十岁的女人抱着小狗。两个姑娘,大的背着包袱,小的背着柳条包,每人都拿着挺大的行李。舞女则背着大鼓和鼓架。四十岁的女人也渐渐同我搭起话来。

"是高等学校的学生哪。"大姑娘跟舞女悄悄说道。

我一回头,舞女正笑盈盈地说:

"就是嘛!这我也看得出来。学生也到岛上来的呀。"

他们一行是大岛波浮港的人。说是春天离开岛上之后,一直四处卖艺,眼看天气转冷,又没有做过冬的准备,所以,打算在下田待上十来天,然后再从伊东温泉回到岛上。一听说大岛,我更感到有种诗意,便又端详起舞女那头秀发,向他们打听大岛的种种情况。

"来游泳的学生很多,对吧?"舞女对女伴说。

"是在夏天吧?"我回头问道。

舞女慌忙小声回答:"冬天也来……"

"冬天也来?"

舞女仍旧看着女伴咻咻地笑。

"冬天也能游泳吗?"我又问了一句,舞女脸上绯红,神情极其认真,微微点了点头。

"真是傻丫头。"四十岁的女人笑道。

去汤野要沿着河津川的溪谷往下走二十多里。一翻过山,连山峦和天色都是一派南国气象。我和那男子不停地交谈,已经十分稔熟了。过了荻乘、梨本这些小村庄,山麓下,便展现出汤野的草屋顶。这时，我打定主意，说要同他们一起去下田玩。他非常高兴。

到了汤野的小客店前，四十岁的女人露出告别的样子，那男子代我说道：

"他说，要跟咱们搭个伴儿呢。"

"那可不敢当。不过，'出外靠旅伴，处世讲人情'。就算我们这种下贱的人，也能给您解解闷儿。就请上来歇歇脚吧。"她不在意地答道。姑娘们一齐望着我，并没有大惊小怪，只是一声不响，有点忸怩。

我和他们一起上了客栈的二楼，放下行李。席子和隔扇又旧又脏。舞女从楼下端来了茶水。在我面前刚坐下，就羞红了脸，哆嗦着手，茶杯差点从茶托上滑下来，她就势放到席子上，茶水全洒了出来。见她那不胜娇羞的样子，我一下愣住了。

"哎哟，好丢人！这丫头懂得害羞了。啧啧……"四十岁的女人显得十分惊讶，蹙起眉头，把手巾扔了过去。舞女拾起来，拘谨地擦着席子。

这意外的话，使我猛醒。在山上被老太婆挑起的妄念，扑哧一下，断了。

这工夫，四十岁的女人眼睛不住地打量我，忽然说道：

"您这件蓝地碎白花的衣裳真不错呢。"还盯住身旁的姑娘一再问：

"他这件碎白花的花纹，跟民次那件一样哩。你说，是不是？花纹一不一样？"然后对我说道：

"我有个上学的孩子留在老家，这会儿想起那孩子来了。少爷穿的，跟他的那件碎白花的一模一样。近来蓝底碎白花布贵得很，真要命。"

"他上什么学校?"

"普小五年级。"

"噢,都上五年级了,那……"

"上的还是甲府的学校呐。我们一直住在大岛,老家可是甲斐的甲府。"

歇了一个来小时,那男子把我领到一家温泉旅馆。本来,我只想能和他们同住一家小客店里。我们沿着街道,朝下走了一百来米的石子路和石头台阶,跨过河畔公共浴场旁的小桥。桥对面便是家温泉旅馆。

我在旅馆的室内温泉洗澡,随后那男子也进来了。他说,他快二十四了,妻子怀过两次孕,一次流产,一次早产,两个孩子都死了。见他穿着长冈温泉的号衣,起先以为他是长冈人。从长相和谈吐来看,也挺有见识。所以我曾猜想,他或者是好事,或者是迷上了卖艺的姑娘,才给她们背行李一路跟了来。

洗完澡,立刻吃午饭。早晨八点离开的汤岛,这时已快三点了。

临走,他在院子里仰头望着我,与我告别。

"拿这个买些柿子吃吧。从楼上扔下去,失礼啦。"说着,我把包好的钱扔下去。他推谢,想走掉,见纸包落在院子里,便踅回来捡了起来。

"这么着可不行。"说着便抛了上来,落在茅屋顶上。我又扔了一次,他才拿走。

黄昏时分,大雨倾盆。群山已分不出远近,茫茫苍苍一片白。前面的小河,眼看变得又黄又浑,水声喧腾。这么大的雨,舞女她们恐怕是不会来卖艺了。我心里尽管这样想,却仍是坐立不安,就几次三番地去洗澡。屋里半明不暗的。与隔壁相邻的隔扇上面,开了一个方洞,电灯就吊在横梁上,两室共用一盏灯。

"咚,咚,咚咚……"暴雨声中,远处隐约响起了鼓声。我打开挡雨板,那劲头都能把门抓破,我探出身去。鼓声越来越近了。风雨吹打着我的头。我闭上眼睛,侧耳凝听,想弄清鼓声究竟来自何处,又如何传到这里。少顷,又传来了三弦声。听见女人曼声的尖叫,还有热闹的嬉笑。于是,我明白了,艺人们是给叫到小客店对面饭馆的酒宴上了。听得出来,声音里,有两三个女的,夹杂着三四个男的。等那边结束了,该会转到这里来吧?我这么盼望着。然而,酒宴已不止是热闹,简直近于胡闹了。女人刺耳的尖叫宛如闪电,时时划过黑暗的夜空。我的神经绷得紧紧的,一直敞着门,动也不动地闷坐着。每次听见鼓声起,心头便赫然一亮。

"啊,舞女还在酒宴上。正坐着敲鼓哪。"

鼓声一停,我就受不了。身心仿佛已沉没于暴雨声中。

过了一会儿,也不知是追着玩儿呢,还是转着圈跳舞,响起一阵凌乱的脚步声。随后,一切寂然。我张大眼睛,想透过黑暗,看个究竟,这寂静意味着什么。我心中烦忧,今晚舞女会不会遭人玷污呢?

我关上挡雨板,钻进被窝,可心里依然痛苦不安。于是,又去洗澡。狂乱地搅动温泉水。这时,暴雨初霁,明月当空。雨后的秋夜,澄明似水。我心想,即便溜出浴池,赤脚赶到那里,也无济于事。这会儿,已是夜半两点多了。

三

第二天早晨,才过九点,那男子就到旅馆来了。我刚起床,便约他去洗澡。时值南伊豆的小阳春天气,长空一碧,明媚已极。浴池的下方,小河涨了水,沐浴在温煦的阳光下。自己也觉得昨夜的烦恼,恍如一场春梦。我向那男子试探地说:

"昨晚好热闹呀,一直闹到很晚吧?"

"哪里。都听见了?"

"当然听见了。"

"都是些本地人。尽瞎胡闹,一点儿意思也没有。"

他一点声色都不露,我只好不再作声。

"对面浴池里,她们几个也来了。你瞧,好像看见咱们了,还笑呐。"

顺着他指的方向,我朝河对面的公共浴场望去。热气蒸腾中,有七八个光着身子的人,若隐若现。

忽然,一个裸女从昏暗的浴池里头跑出来,站在更衣场的尖角处,那姿势就像要纵身跳下河似的,张开两臂,喊着什么。她一丝不挂,连块手巾都没系。她正是那舞女。白净的光身,修长的两腿,像一株幼小的梧桐。望着她,我感到心清似水,深深地吁了口气,不禁笑了起来。她还是个孩子啊。看见我们,竟高兴得赤条条地跑到光天白日里,踮起脚尖,挺直身子。这真是个孩子啊。我好开心,爽朗地笑个不停。仿佛尘心一洗,头脑也清亮起来。脸上始终笑眯眯的。

舞女那头秀发非常浓密,我当她有十七八了呢。再说,她打扮成大姑娘的样子,以至于我才会有那么大的误会。

我和那男子刚回房间不久，大姑娘就到旅馆的院子来看菊圃。舞女走到桥中间，四十岁的女人恰好从公共浴场出来，望着她俩。舞女一缩肩膀，笑了笑，意思是：会挨骂的，得回去啦。转身赶紧走了。四十岁的女人来到桥前，招呼说：

"请来玩啊。"

"请来玩啊。"

大姑娘也跟着说了一句，几个女的都回去了。那男子一直待到傍晚。

晚上，我正和做纸生意的行商下围棋，忽然听见旅馆院内响起鼓声。我想站起来，便说：

"卖艺的来了。"

"哎，没意思，那玩意儿。来呀，来呀，该你走啦。我下这儿了。"他点着棋盘说，一心只想争个胜负。我却心不在焉，这时，艺人们好像要回去，那男子在院子里向我打招呼：

"晚上好。"

我走到廊下，朝他招招手。艺人们小声商量了一会儿，然后绕进大门。三个姑娘跟在男的身后，挨着个寒暄：

"晚上好。"手拄在廊下的地板上，像艺伎那样行礼。棋盘上，我顿时现出败相。

"这下没救了。我认输。"

"没的事。我这棋才糟呢。反正不相上下。"

纸商对艺人连瞧都不瞧，一一数起棋盘上的棋子，然后，下得越发用心。几个女的把大鼓和三弦什么的，都归置到角落里，然后在象棋盘上玩起五子棋来了。这工夫，本来该我赢的棋，却输了。纸商还死乞白赖地说：

"怎么样？再来一盘吧，再来一盘好不好？"

我不置可否地笑笑，纸商只好死心，起身走了。

三个姑娘都凑到围棋盘跟前。

"今晚还要去别处转吗？"

"要去的，不过……"那男的瞅着姑娘们说，"怎么样？今晚就算了，咱们玩会儿吧？"

"太好了！真开心！"

"不会挨骂吗？"

"怎么会呢。再说，没客人，反正是白转悠。"

于是，她们就摆起五子棋来，一直玩到过十二点才走。

舞女回去后，我毫无睡意，脑子十分清醒，便到走廊上喊道：

"老板！老板！"

"来喽……"快六十的老头子，从屋里跑出来，劲头十足地答应着。

"今晚杀他个通宵！下到天亮！"

我也斗志昂扬起来了。

四

我们约好第二天早晨八点从汤野出发。我戴上在公共浴场旁买的鸭舌帽，把高等学校的学生帽塞进书包里，朝着沿街的小客店走去。二楼上的纸拉门大敞着，我不假思索走了上去，艺人他们还睡在被窝里。我不知所措，呆呆地立在走廊上。

舞女就睡在我脚旁的铺上，脸一下红了起来，急忙用手捂住。她和二姑娘睡在一起。昨夜的浓妆还残留在脸上。嘴唇和眼梢微微发红。这副楚楚动人的睡态,深深印在我心上。她像怕晃眼似的手捂着脸,一骨碌翻身出了被窝,坐在走廊上。

"昨晚上多谢啦。"说着,还优雅地鞠了一躬,这倒叫我站在那里很尴尬。

那男子和大姑娘同睡一个铺盖。没看见这情景之前,我压根儿不知道他俩还是夫妻。

"真对不住您呐。本来打算今儿走,可晚上有个饭局,准备再待一天。您要是非今儿走不可,那就下田再见吧。我们定的客店是甲州屋,一打听就知道。"四十岁的女人从铺上欠起身子说。我感觉好像被人甩了似的。

"明天走不行吗?妈非要再拖一天不可。路上还是有个伴儿的好。明天一起走吧。"那男子说。四十岁的女人便又补充道:

"就这么着吧。您现巴巴儿地跟我们做伴,我们却只顾自己,太对不住您了……明儿就是下刀子也得走。后儿个是我们那个死在路上的小囡的七七。早就打算到那天,在下田做七七,尽点儿心意。我们这么急急忙忙赶路,为的就是要赶在那天之前到下田。这话要说呢,有点儿失礼,不过,咱们还真有缘分,赶后儿个就请您也来祭祭吧。"

于是我也推迟一天动身,便下了楼。一边等他们起床,一边在脏兮兮的账房里,同客店的人闲谈。这工夫男的来邀我去散步。从大街朝南走不远,有座挺漂亮的桥。我们在桥上凭栏而立,他又说起自家的身世来。说他以前在东京,曾一度与那些新派演员混在一起,至今还常在大岛的码头上演戏。有时刀鞘会像脚一样从包袱里支棱出来,是在酒宴上拉架势演戏用的。柳条包里,尽是些服装道具和过日子用的锅碗瓢盆。

"我自误终生,落得穷途潦倒;哥哥倒在甲府继承了家业,兴旺发达。我这个人,唉,成了多余的了。"

"我一直以为你是长冈温泉的人呢。"

"是吗?那个大姑娘是我妻子。比你小一岁,十九啦。半路上,第二个孩子小产,活了一星期就断气了。她身子还没大恢复好。老的是她妈。跳舞的是我亲妹妹。"

"咦?你说有个十四岁的妹妹……"

"就是她呀。唯独这个妹妹,我想来想去,实在不愿叫她干这营生。可其中也有种种苦衷啊。"

然后他告诉我,他名叫荣吉,妻子叫千代子,妹妹叫薰。另一个姑娘叫百合子,十七岁,只有她是大岛人,雇来的。荣吉十分感伤,忍泪凝望着浅水湍流。

回来时,看见舞女已经洗去脂粉,正蹲在路旁抚摸小狗的头。我要回自己的旅馆,便说了句:

"来玩吧。"

"哎。不过,我一个人……"

"跟你哥一起来嘛。"

"马上就去。"

不大会儿工夫,荣吉来了。

"她们呢?"

"因为妈管着她们。"

我们俩刚玩了一会儿五子棋,她们就过了桥,"咚咚"地跑上楼来。照例先恭恭敬敬地行礼,然后坐在走廊上,迟疑不动,千代子头一个站起身来。

"这是我住的屋子。别客气,请进来吧。"

玩了有一个来小时，他们便到旅馆里的室内温泉洗澡去了。还一再劝我一起去。因为有三个年轻女人，我就敷衍说，待会儿再去。可是，舞女马上一个人上楼来，给千代子传话，说：

"嫂子说要给您搓背，请您去呢。"

我没去洗澡，和舞女玩起五子棋来。不承想，她倒挺能下。比赛时，荣吉和其他两个女的，我不费吹灰之力就能赢。下五子棋，大抵都不是我的对手，但同她，我得全力以赴才行。无须手下留情，非常痛快。因为屋里只有我们两人，起初她离得老远的，要伸长胳膊才能下子。渐渐地，她忘乎所以，专心致志，上身竟遮住了棋盘。那头美得异乎寻常的黑发，简直要碰到我的胸脯。蓦地，她脸一红，说道：

"对不起。要挨骂了。"扔下棋子就跑出去了。姆妈正站在公共浴场前。千代子和百合子也慌慌张张走出澡堂，连楼都没上便逃了回去。

这一天也是从早到晚，荣吉一直在我的住处玩。纯朴亲切的旅馆老板娘劝我说，请那种人吃饭，白糟蹋钱。

晚上，我去小客店，舞女在跟姆妈学三弦。一见到我便停下手来，姆妈说了她，才又抱起三弦。每次歌声稍高一些，姆妈就说：

"不是叫你不要那么大声吗？"

荣吉给叫到对面饭馆二楼的酒席上，不知在吟唱什么。从这边也看得见。

"他唱的什么？"

"那是……谣曲①呀。"

"这谣曲,有点儿怪哩。"

"他是个万金油。谁知他唱的什么!"

这时,有个四十来岁的汉子,打开隔扇,叫姑娘她们过去吃东西。听说他在小客店租了间屋,是个卖鸡肉的。舞女便和百合子拿上筷子到隔壁去,吃他吃剩的鸡肉火锅。回到这屋时,卖鸡肉的轻轻拍了拍舞女的肩膀。姆妈就凶巴巴地板起脸。

"喂!别碰这孩子!她可是个黄花闺女呐。"

舞女却一口一个大叔地喊着,央求他念《水户黄门漫游记》给她听。可是,卖鸡肉的一会儿就走了。她不好意思直接求我接着念,便不住地跟姆妈嘀咕,似乎要姆妈开口求我。我怀着一个期望,拿起了话本。果然,舞女痛痛快快地靠近跟前。我一开始念,她就把脸凑过来,都快挨上我的肩膀,表情十分认真,眼睛闪着光芒,聚精会神地盯着我的前额,一眨也不眨。这大概是她听人读书时的常态。方才跟卖鸡肉的就快脸碰脸了。那情景我都看在眼里。舞女那又大又黑的明眸,顾盼神飞,是她最美丽动人之处。双眼皮的线条,有说不出的妩媚。而且,她笑靥如花。用"笑靥如花"一词来形容她,真是再恰当不过了。

过了一歇,饭馆的女侍来接舞女。她穿好衣裳对我说:

"我马上就回来,待会儿再接着念,好吗?"

然后,到了走廊上,两手扶着地行礼说:

"我走了。"

---

① 谣曲,日本古典歌舞剧能(综合性舞台艺术)的台本。通常分为序、破、急三个阶段:序段叙述角色由某地来到戏剧事件中心的过程;破段展开故事情节,分为前、中、后三部分;急段是故事高潮及结尾。

"可千万别唱歌！"姆妈说完，舞女拎起大鼓，轻轻点了点头。姆妈回头看着我说：

"她现在正在变嗓子……"

在饭馆的楼上，舞女端庄地坐着敲鼓。她的背影，宛如近在隔壁，看得很清楚。鼓声使我心荡，令我欢喜。

"有了鼓，这宴会才热闹。"说着，姆妈也转过头望着对面。

千代子和百合子也都到那酒宴上去了。

过了一小时，四个人一起回来了。

"只给了这么点儿……"舞女把攥在手里的五个银角子，稀里哗啦地倒在姆妈手上。我又读了一阵《水户黄门漫游记》。她们提起死在路上的婴儿。说孩子生下来像水一样透明，连哭的气力都没有。尽管那样，还活了一星期。

我对他们，既不好奇，也不轻蔑，压根儿忘掉了他们是些跑江湖卖艺的。我这种寻常的好意，大概沁透他们的心田。我决定等几时到大岛他们家去看看。

"要是住爷爷那间房子才好呢。那儿宽敞，再把爷爷弄出去，就清静了，住多久都行。还能够用功什么的。"几个人商量半天，然后对我说：

"我们有两座小房，山上那座一直空着。"

还说，等正月里请我去帮忙，大伙儿都要上波浮港演戏去。

我渐渐明白，他们虽然天涯漂泊，那心境却是悠闲自在，不失自然纯朴，并不像我当初想象的那样困厄劳顿。因为是母女兄妹，其间自有骨肉亲情的一条纽带维系着。只有雇来的百合子，十分腼腆，在我面前总是不声不响。

直到半夜，我才离开小客店。姑娘们送我出来。舞女把木屐替我摆好，在门口探头看了看天，夜空一派清明。

"啊，月亮……明儿就到下田啦，好开心呀。要给囡囡做七七，叫姆妈给我买把梳子，还有好多事呢。你带我去看电影好吗？"

下田港是座充满乡愁的城镇，令人怀念不已，凡是流浪到伊豆相模一带温泉浴场的艺人，无不把它看作天涯羁旅中的故乡。

五

同过天城山时一样，艺人他们拿着各自的行李。小狗将前爪搭在姆妈的胳膊上，一副老于行旅的神情。出了汤野，便又进山。海上的旭日，温煦地照着山腹。朝着旭日升起的地方望去，河津川的前方，河津海滨豁然展现在眼前。

"那就是大岛吧？"

"看着都那么大呢。您可要来啊！"舞女说。

也许秋空过于明丽，朝阳初起的海上，反倒烟霞缥缈，仿佛春日。从这里到下田，要走四十里路。有一段路上，大海时隐时现。千代子悠然地唱起歌来。

半路上，他们说，山间有一条小路，虽说险了点儿，却近了四里来路，问我，是抄近路呢，还是走平坦的大道？我当然挑了近路。

那是密林中的一条上坡路，满地落叶，又陡又滑。我累得直喘气，却不管三七二十一，手撑着膝盖，加快了步伐。眼看着他们几个落在后面，只听见林中传来的说话声。舞女撩起下摆，紧跟了上来，离我不到两米远，她既不想离得更近，也不愿落得太远。我回过头去同她搭话，她好似一惊，停下脚步，含笑回答。本想说话的工夫让她赶上来，便等着她，但她依然止步不前，直到我抬脚，她才迈步。峰回路转，更加险峻难行。从那段路起，我愈发加快步伐，舞女仍在我身后不到两米远，一心只顾往上攀登。空山寂寂。其他人远远落在后面，连说话的声音也听不见了。

"少爷家在东京什么地方？"

"不，我住在学校的宿舍里。"

"我也去过东京，赏花时节去跳过舞……不过，那时很小，现在什么都记不得了。"

然后，舞女有一搭没一搭地问我：

"您父亲在吗？""您去过甲府没有？"什么都问。还提起，到了下田要看电影啦，路上死去的婴儿啦，诸如此类的一些事。

终于爬到山顶。舞女把大鼓放在枯草中的凳子上，拿手巾擦了擦汗，接着刚要掸自己脚上的尘土，却忽然蹲在我跟前，给我掸起裙裤来了。我赶忙闪开身子，舞女咕咚一下，膝盖着了地。竟这么跪着给我周身上下掸了一通，然后，放下撩起的下摆，对还站着大口喘气的我说：

"请坐下吧。"

歇脚处旁边，飞来一群小鸟。周遭一片寂静，只有小鸟飞落枝头时枯叶发出的沙沙声。

"干吗要走得那么快呀？"

舞女似乎很热。我用手指咚咚敲了两下鼓，小鸟便都飞走了。

"啊，真想喝水。"

"我去找找看。"

过了片刻，舞女从枯黄的杂木林中空手而回。

"在大岛，你都做些什么呢？"

于是，舞女没头没脑地提起两三个女孩的名字，说些我听了莫名其妙的话。她好像说的不是大岛，而是甲府。是她仅念过两年小学的那些同学的事。想到什么便说什么。

等了十分钟左右，三个年轻人也到了山顶。又过了十分钟，姆妈才到。下山时，我和荣吉故意落在后面，慢腾腾地边走边聊。刚走了半里路，舞女从下面跑了上来。

"下面有泉水。请快点来。都没喝，在等您呢。"

一听说有水，我就跑了起来。树荫下，一股清泉从岩间涌出。几个女的，站在泉边。

"来吧，少爷请先喝。手伸进去，要弄浑，又怕女人先喝了，您嫌脏。"姆妈说。

我用手捧起清凉的泉水，喝了起来，几个女的却不肯就此离去。还要涮涮手巾擦擦汗。

下了山，走上去下田的大路，便见几处烧炭的青烟袅袅。我们坐在路旁的木材上歇脚。舞女蹲在路上，用把粉红的梳子梳理小狗的长毛。

"那不是要把齿儿弄断吗？"姆妈责备说。

"管它呢。反正到下田要买把新的。"

插在她头上的这把梳子，还在汤野的时候，我就打算向她讨过来，见她用来梳狗毛，觉得很不应该。

路的对过，有很多捆矮竹竿，我说了句"当手杖倒挺合适"，便和荣吉起身先走了。一会儿，舞女跑着追上来，拿了一根比她人还高的粗竹竿。

"你这是干嘛？"荣吉一问，舞女有些着慌，把竹竿递到我面前说：

"给您当手杖使。我抽了一根顶粗的来。"

"那可不行。粗的一看就知道是偷来的，给人瞧见多不好。送回去！"

舞女踅回竹竿捆那里，随即又跑了过来。这回，给我一根有中指粗细的竹竿。然后倒了下去，背靠在田畦上，喘着粗气等她们三个。

我和荣吉始终走在前面，隔着十多米远。

"只要拔掉，镶颗金牙，不就行了嘛。"舞女的声音忽然传到我耳朵里，回头一看，她正和千代子并肩而行。姆妈和百合子还要落后几步。她们似乎没发现我回头，千代子说：

"那倒是。这话你告诉他不好吗？"

好像是在谈论我。千代子大概说我牙齿长得不整齐，舞女就提起镶金牙的事来。可能是在品评我的相貌吧。我对她们已有种亲切感，并不着恼，也无意再听下去。两人继续小声说了一阵，又听见舞女说：

"是个好人啊。"

"那倒是。是像个好人。"

"真是个好人呀。好人真好。"

那话语，透着单纯与率真。那声音，天真烂漫地流露出她的情感。老实说，连我自己也觉得，自己是个好人了。我心花怒放，抬眼眺望明媚的群山。眼内微微作痛。我都二十了，由于孤儿脾气，变得性情乖僻。自己一再苛责反省，弄得抑郁不舒、苦闷不堪，所以才来伊豆旅行。别人从世间的寻常角度，认为我是个好人，心里真有说不出的感激。群山之所以明媚，是因为快到下田海滨了。我挥舞那根竹杖,横扫秋草尖头。

途中,处处的村口都竖着牌子:

"乞丐与艺人,不得入村!"

六

甲州屋这家小客店就在下田的北口附近。我跟在艺人他们身后,上了像阁楼似的二楼。没有顶棚,坐在临街的窗畔,头便能碰到屋顶。

"肩膀痛不痛?"姆妈一再叮问舞女。

"手痛吗?"

舞女优美地做出敲鼓的手势。

"不痛。您看,能敲。还能敲。"

"那就好。"

我提了提鼓。

"哎呀,好沉呀。"

"比您想的要沉吧。比您的书包还沉哪。"舞女笑着说道。

艺人向店里别的客人热情地打招呼。都是他们卖艺、走江湖的同道。下田这个码头,似乎就是这样一些飘泊者的归宿。店家的小孩,摇摇晃晃走进房间,舞女给了他几个铜板。我正要离开甲州屋,舞女便抢先到大门口,给我摆好木屐,自言自语似的悄声说:

"记着领我去看电影啊。"

我和荣吉求一个像无赖似的人带了一段路,到了一家旅馆,说是老板原先当过镇长。洗完澡,和荣吉一起吃的午饭,菜里有新鲜的鱼。

"明天做法事，拿这个买束花供上吧。"

说着，把一个钱数很少的小纸包叫荣吉带回去。明天一早，我得乘船回东京了，因为旅费已经花光。我说是学校里有事，他们也就不便勉强挽留了。

吃完午饭不到三小时，又吃晚饭。然后，我独自一人朝北走去，渡过桥，登上下田的富士山，眺望海港风光。归途顺便去甲州屋，艺人他们正在吃鸡肉火锅。

"少爷也来吃点吧。虽说女人筷子先动过，不干净，以后尽可当笑料嘛。"姆妈说着就从行李里取出碗筷，叫百合子去洗了来。

明天就是婴儿的七七，哪怕再多待一天也好。他们又劝了我一通。我拿学校做挡箭牌，没有答应。姆妈一再说：

"那就等到寒假，大伙到船上去接您好了。事先告诉个日子。我们可盼着您呐。住旅馆可不行。我们会到船上接您呐。"

房间里只剩下千代子和百合子，我请她们去看电影，千代子捂着肚子说：

"我身子不舒服。走了那么多路，实在吃不消了……"她面色苍白，已经筋疲力尽。百合子拘谨地低着头。舞女在楼下同店家的孩子玩，见了我，便央求姆妈让她看电影去。可是，她面无表情，木然走回这边，给我摆好木屐。

"那有什么？带她一个人去，不也可以吗？"虽然荣吉也极力劝说，姆妈仍旧不答应的样子。为什么不能带她一个人去呢？我实在纳闷。出了大门，舞女刚好在那里摸小狗的头。脸上冷冷的，我都没法儿跟她搭话。她仿佛连抬头看我一眼的气力也没有了。

我一个人去看的电影。女解说员在小煤油灯下读着说明书。

我旋即离去，回到旅馆。在窗台上支肘枯坐，久久地凝视着夜幕下的街市。街市黑沉沉的。我觉得，仿佛远处不断传来隐约的鼓声。我无端地扑簌簌流下了眼泪。

七

动身那天早晨，七点钟吃饭时，荣吉在街上喊我。穿了一件印着家徽的黑外褂。大概为给我送行才穿的这身礼服。却没有看到她们几个。我顿感惆怅。荣吉进屋说道：

"她们都想来送您，可昨晚睡得太迟起不来，真对不住。她们说，盼着您冬天来，一定要来呀。"

街上秋风乍起，晓寒侵身。荣吉在路上给我买了四盒敷岛牌香烟，还有柿子和薰牌清凉散。

"因为我妹妹的名字叫薰。"他笑了笑说，"船上吃橘子不好，不过，柿子能止晕，可以吃点儿。"

"这帽子给你吧。"

我摘下鸭舌帽，戴在荣吉头上。然后从书包里掏出学生帽，抚平皱褶，两人笑了起来。

走到码头，舞女蹲在海边的身影，一下闯入我的心扉。直到我们走到她身旁，她都凝然不动，默默地低着头。脸上依然留着昨夜的浓妆，越发加重我的离情别绪。眼角上的两块胭脂红，给她似恼非恼的脸上，增添一丝天真而凛然的神气。荣吉问道：

"她们也来了？"

舞女摇了摇头。

"还在睡觉？"

舞女点了点头。

荣吉去买船票和摆渡票的工夫,我变着法儿跟她搭讪,她都一声不响,只管低头望着水渠入海处。每次不等我讲完,她就频频点头。

这时,一个做小工似的汉子向我走来。

"大娘,这个人倒合适。"

"这位学生,是去东京的吧?看您这人挺可靠,求您把这位老婆婆带到东京去行不行?老婆婆好可怜喔。她儿子在莲台寺的银矿上干活,得了流感,连儿子带媳妇全死了。留下这么三个小孙孙。走投无路哇,大伙儿合计了一下,还是叫她回老家吧。老家呢,在水户,可她啥也不懂,等到了灵岸岛,送她坐上去上野的电车就行。给您添麻烦了,咱们这儿给您作揖,求您啦。瞧瞧她这形景,八成儿您也会觉得怪可怜的,是不是?"

老婆婆痴呆呆地站在那里,背上背着一个吃奶的孩子,一手拉着一个女孩,小的三岁上下,大的五岁左右。脏包袱里露出大饭团和咸梅干。五六个矿工在安慰她。我很爽快,答应照料她。

"那就拜托啦。"

"谢谢您啦。本来俺们该把她送到水户去,可是办不到啊。"矿工们一一向我道谢。

渡船摇晃得厉害。舞女依旧紧紧地抿着嘴,望着一边。我抓住绳梯,回过头去,她似乎想道一声珍重,却又打住了,只是再次点了点头。渡船已经返航归去。荣吉不停地挥舞着我方才送他的那顶鸭舌帽。直到轮船渐渐离去,舞女才扬起一件白色的东西。

轮船驶出下田海面,我凭栏一心远眺着海上的大岛,直到伊豆半岛的南端消失得无影无踪。与舞女离别,仿佛已是遥远的过去。不知老婆婆怎么样了，便去船舱张望了一下，见有许多人围坐在她身旁，似在多方安慰她。我放下心，进了隔壁的船舱。相模滩上，波涛汹涌。一坐下去便不时地左右摇摆。船员四处分发小铜盆。我枕着书包躺了下去。头脑空空，失去了时间感觉。泪水刷刷地流在书包上。脸颊感到凉冰冰的，只得将书包翻过一面。有个少年躺在我的身旁，是河津一家工厂主的儿子，去东京准备升学考试。见我戴着一高的学生帽，似乎对我抱有好感。交谈几句之后，他问：

"您是不是遇到什么不幸了？"

"没有。我刚刚同人告别来着。"

我回答得非常坦率。即使让人看见我流泪，也不在意了。我无思无念。只感到神清气爽，心中惬意，静静地睡去。

海上是几时暗下来的，我竟然不知道。网代和热海一带，已灯火灿然。我的肌肤有点冷，肚里感到饿。少年给我打开竹叶包，我似乎忘记那是别人的东西，拿起紫菜饭卷便吃。然后，钻进少年的学生斗篷里。一种美好而空虚的心情油然而生，不论人家待我多亲昵，我都能安然接受。我甚至想，明天一早，带老婆婆去上野站，给她买张去水户的票，那也是自己应该做的。我感到天地万物，已浑然一体。

船舱里的煤油灯，已经熄灭了。船上装的生鱼和潮水的气味，变得浓烈起来。黑暗中，少年的体温给我以温暖，我任凭眼泪簌簌往下掉。脑海仿佛一泓清水，涓涓而流，最后空无一物，唯有甘美的愉悦。

（一九二六年）